日常ではさえないただのおっさん、本当は地上最強の戦神

相野 仁

角川スニーカー文庫

21020

†

CONTENTS

A normally DOWDY man is in essence
the mightiest WAR-GOD.

design work 阿閉高尚(atd)　|　*illustration* 桑島黎音

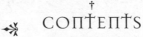

八神輝《レーヴァテイン》メンバーリスト

Member list of “Lævateinn”

バルトロメウス《光の戦神》

人間族

光の“異能”を操る、大陸最強格の戦士。穏やかで人当たりがよく、困っている人はできるだけ助けたいお人好し。趣味は帝都二等エリアでの庶民グルメの買い食い。

クロード《剣聖》

人間族

帝国最強の剣士。伯爵家出身ゆえ、大貴族たちにも顔が利く。八神輝の実質的な取りまとめ役で、ミーナ以外の６名との仲は良好。ミーナにも苦言を呈する苦労人。

マヌエル《紅雨》

狼人族

平民出身。元特級冒険者で、敵の血の雨（紅色の雨）を降らせることから異名がついた。好戦的だが、皇帝には服従。イングウェイと仲がいい。クロードとも仲は悪くない。会議に来ないバル、高慢なミーナのことは苦々しく思っている。

シドーニエ《氷結の女王》

人間族

子爵の愛人の娘として生まれた。基本的に男嫌い。母を守るため戦う道を選んだ。皇帝に仕えるのはあくまでも母を守る手段。クロード、バル以外とはあまり仲はよくない。氷結系の魔術の使い手で、得意分野ではミーナにも引けを取らない。

ヴィルヘミーナ《断罪の女神》

エルフ族

冷たい印象の美女。バル以外には高慢で突き放すような態度を取る。かつて世界を救ったデュオニュース・エールデ・プリメーアの子孫。

イングウェイ《迅雷》

豹人族

貧乏な男爵家出身。真面目な性格。隠形と高速移動を得意とする。異名は移動速度が雷のようであることから。単純な速さ勝負ならバルについで八神輝二位。マヌエルとは獣人仲間ということで仲がいい。ミーナの態度には不満。バルは皇帝を立てているからいいという考え。

ギーゼルヘール《殲滅の弓鬼》

人間族

魔力を矢に変換し様々な効果を付加して放つ魔術弓士。雨のごとく降らせた矢は爆撃と化し、殲滅戦を得意とする。実力的には八神輝最下位で、本人は気にしている。マヌエルには見下されがち。ミーナの態度には不満。バルは別格だからよいと思っている。

ヴィリー《閃槍》

人間族

徴兵され騎士団に入った事から頭角を現した、向上心たくましい真面目な武人。ひと呼吸で数百の突きを繰り出し、常人には槍が閃光のように光っているとしか見えないことから「閃槍」と呼ばれるようになる。強さを重んじる性格なので、バルとミーナには敬意を払う。

第一話　《その場しのぎのバル》と新人冒険者

「バルさん、今日はどんな依頼を受けますか？」

ギルドの若い受付嬢のニエベが差し出した三枚の羊皮紙《ようひし》を見て、バルと呼ばれた三十路《みそじ》の男は少し悩む。

「ニエベちゃんのオススメはどれだい？」

彼は自分で判断せず、目の前の少女に尋ねる。

「うーん、ハイレンの葉の採取はいかがでしょう？」

ニエベは赤い瞳を彼に向けながら、理由を述べた。

「さっきギルドに登録した新人さんが受けたがっているのですが、あたしとしてはできれば一人ベテランについてもらいたくて」

「なるほど」

バルは納得する。

ニエベという少女はまだ若いせいか、新人や若手の冒険者を担当する事が多い。

そして経験のあるベテランと組ませたがる。

（ついたあだ名が《トレーナー》だったか）

バルは微笑《ほほえ》ましく思った。

「いいよ。俺でいいなら」

「ありがとうございます、バルさん！」

ニエベはパッと輝く笑顔を浮かべた。

若い男であればまぶしく感じられる、魅力的な笑顔である。

それを直視してもバルは動じない。

「それでその新人というのは……？」

彼が聞くと、ニエベはチラリと彼の右側へ赤い瞳を向けた。

その先にあったのは獣人の少女の三人組である。

（年は十五、六歳くらい。犬人族か）

少女たちは安物だが動きやすそうなシャツとハーフパンツという恰好《かっこう》で、誰かのお下がりらしい革の胸当てとショートソードや籠手《こて》、杖《つえ》という装備だった。

「え、そのおじさんなの？」

三人のうちの一人、オレンジ色の髪の少女が嫌そうに顔をしかめ、茶色の生意気そうな瞳をバルに向けてくる。

「おじさん、冒険者ランクは？」

「七級だよ」

彼が答えると、その少女は舌打ちする。

「ダサッ。いい年して最低ランクじゃん」

彼女がそう言ったのも無理はない。

冒険者ランクは基本的に七級から一級まであり、数字が小さくなるほど実力が高くなるのが通例だ。

いい年した大人が七級のままだと、馬鹿にする者は決して珍しくない。

「そうですよね。ベテランの同行が必要なのは分かりますが……頼りになるベテランじゃないと困ります」

緑色の髪をした杖を持った少女が不安そうな顔でニエベに抗議する。

彼女たちはチラリとバルの服装を見た。

大きなポケットが四つついた黒い長袖《ながそで》の上着、汗を吸ってくれる白シャツ、藍色のパンツ、動きやすそうな革靴、どれも安物である。

実入りのいい依頼をこなせる腕利き冒険者とはかけ離れた服装だった。

彼女たちが反発する理由の一つなのは確かだろう。

「頼りになるベテランが大切だからバルさんに頼んだのよ？」

ニエベはコメカミを怒りで痙攣《けいれん》させつつ、笑顔で応えた。

「この人は新人に三十回以上ついて、全員無事に帰しているすごい人なんだから」

彼女はまるで自分のことのように誇らしそうに告げる。

「それってすごいんですか……？」

水色の髪の少女が疑わしそうな目をバルに向けた。

「冒険者になれば、嫌でも分かるようになるわよ」

新人には言葉で説明しても理解できないだろうと、ニエベは言う。

「分かったわよ」

少女たちはしぶしぶ受け入れる。

若手冒険者を担当している受付に嫌われると、まともな依頼を回してもらえなくなるかもしれない。

(なんて思っているのだろうな)

とバルは推測する。

彼女たちにかぎったことではなく、よくあることだった。

「じゃあバルさん、お願いしますね」

「了解」

バルは頷《うなず》いて彼女たちに向きなおる。

「よ、よろしくな」

「よ、よろしくです」

ペコリと頭を下げてあいさつをしたのは緑色の髪の女の子だけだった。

「俺はバル。君たちは？」

「へ、ヘレナです」

緑髪の少女はまず名乗り、そして仲間を紹介する。

「オレンジ色の髪の子がエーファ、水色の髪の子がイェニーです」

「よろしくな」

バルが爽《さわ》やかなあいさつをしたのに対して、エーファはふんと鼻を鳴らしてそっぽを向いてしまう。

「よろしく」

イェニーは仕方なさそうな顔でようやく返事をする。

前途多難だとしか思えない臨時パーティーの結成だったが、バルの表情は穏やかだった。

「薬草採取の場所は水辺の近くの木か……」

バルは依頼書を確認しながらつぶやく。

「できれば手足を隠せる服装の方がいいんだが」

少女たちはヘレナを除いて半袖にハーフパンツという、時期的におかしくないものの「冒険者を舐《な》めてるのか？」と言われても仕方ない服装だ。

「えー」

少女たちは程度の差はあれ、不快そうな反応を示す。

まるで危機感がなく、ニエベが心配する理由が嫌でも分かるというものだ。

「せめて上着だけでも羽織《はお》った方がいい」

「いいわよ。帝都の近くなんだし、そんな危険はないでしょ。普通の人だって行き来してるんだから」

バルの忠告に対して、エーファはうるさそうに手を振る。

野良犬を追い払うような態度だったが、彼は怒ったりしなかった。

「……分かったよ。試してみればいいさ」

そう言って折れる。

危ない目に遭《あ》わないと準備の重要性を理解しない若者というのは、決して珍しくない。

帝都は治安が良く、住民が日常において危険を感じることはほとんどないと言っても過言ではなかった。

その意識を冒険者にも持ち込む輩《やから》がいるのは弊害《へいがい》というやつだろうか。

「分かればいいのよ」

エーファは満足そうに笑い、ゆっくりと進む。

「おじさん、荷物持ちくらいはできるのよね？」

アテにする気がないことを全く隠そうとしない彼女に、バルは穏やかな表情で頷いてみせた。

それを少女たちは「ようやく黙ったか」と都合のいい解釈《かいしゃく》をする。

（とんだじゃじゃ馬娘たちだな）

バルは内心苦笑をしながらさっさと先へ進む少女たちの後を追う。

指定された薬草が生えているのは、帝都の西門から出て徒歩で三十分ほど進み、途中でなだらかな丘を越えた先にある川のほとりだ。

街道が通っているすぐ側《そば》で、騎士団も定期的に巡回している。

危険度は低く、おつかいと言っても差し支えがないような依頼だ。

この手の依頼を軽視し、油断するのは何もエーファたちばかりではない。

エーファたちは体力の配分なども考慮せず、どんどん先を進んでいく。

簡単な依頼である分、設定されている報酬も高くない為、さっさと達成して次の依頼を受けたいのだろう。

「あまり急ぎすぎてもよくないよ」

早歩きになりながらバルが忠告したが、彼の方をチラリと向いたのはヘレナだけで、残り二人は見向きもしない。

(ちょっと危ういな、これは)

冒険者を甘く見ているか、早く依頼をこなそうと焦っているのか。

どちらかであればまだマシなのだが、両方となると少々厄介だ。

(特にトラブルを起こしやすいタイプだぞ)

バルは気を引き締めざるを得ない。

何事もないのが一番だと思うものの、トラブルというものはどういうわけかトラブルメーカーのところへ集まってきやすいのだ。

丘を越えるまでは何事も起きなかった。

雲行きが怪しくなってきたのは、川の近くまでやってきてからである。

「あれって」

足を止めた少女たちの前方にいるのは、ゆっくりと川の水を飲んでいる大きな黒い牛だった。

「アウズンブラ、です」

ヘレナが自信なさそうに名前を言う。

「確か大人しくて、肉と乳が美味《おい》しい魔物よね」

エーファの言葉に彼女は頷く。

「角《つの》が生えてないから、雌《めす》でしょう。お肉の美味しさはお貴族様じゃないと食べられないお肉並み、らしいです。でもオーガを返り討ちにしちゃうくらい強いって」

「上手くやれば、乳を搾《しぼ》るくらいできない？　だって大人しいんでしょ？　依頼以外にも納品してお金をもらえるチャンスじゃない」

エーファの発言は少女たちにとって現実的に聞こえる。

一般人や弱い冒険者では歯が立たない魔物の代名詞の一つ、オーガですら返り討ちにできる相手と戦おうと言うならば、イェニーとヘレナは反対しただろう。

しかし、乳を搾ってゲットするだけならば、やり方次第ではいけるかもしれないと思えたのだ。

「ちょっと待った！」

慌てたのはバルである。

彼の立場上、止めなければいけなかった。

「何でしょう？」

エーファとイェニーは無視しようとし、ヘレナだけが彼に聞く。

「アウズンブラの乳を搾るなら、近くに仔《こ》がいないとダメだ。そうじゃないのに乳を搾ろうとすると、激怒して大暴れするんだ」

「え、そうなんですか？」

ヘレナが目を丸くする。

「そうだよ。それに雌が一頭だけ、こんなところにいるのはおかしい……本来帝都周辺にはいないはずだから」

バルが彼女たちを止めたのはそういう理由もあった。

本来いないはずの魔物がいるということは、何かの前触れである可能性があるからだ。

「そんなの、ただのはぐれかもしれないでしょ」

エーファはどうしても彼に反発したいらしく、むすっとした表情で言い返す。

はぐれとは群れや家族で行動するはずの生物が、単独行動を取っていることを言う。

その個体の性格による場合や、外敵などに襲われた場合が考えられる。

彼女はいちいち気にしていられないという考えらしかった。

「その場合も危険だよ。仔が近くにいないアウズンブラを怒らせずに乳搾りすることはできない。そしてアウズンブラを殺せる存在が近くまで来ているかもしれないからだ」

「おじさん、ヘタレすぎでしょ」

エーファは鼻を鳴らしてせせら笑う。

「エーファちゃん、ちょっと言いすぎですよ」

ヘレナが見かねたように彼女をたしなめる。

「そうだよ。このおじさんの言うこと、間違いじゃなかったらやばいじゃん」

仲間たちに言われたのは堪えたらしく、エーファは拗《す》ねたようにうつむく。

「このおじさんの言うことがどれだけ信用できるか、分からないじゃない」

どうやら意固地になっているようだった。

「でも、ギルドの人がつくように言ったんですし」

「無駄に年食ってるおかげで、たまたま上手くいっただけかもしれないでしょ！」

ヘレナの言葉には感情的な言葉が返ってくる。

これは説得できそうにない。

知り合ったばかりのバルですら想像でき、申し訳なさそうな顔で彼を見てきたヘレナとイェニーに気にするなと苦笑に近い笑みを向けた。

「まずは薬草採取からやるべきだよ。他によいものを持ち込んだところで、依頼を達成していなければ、ギルドは評価してくれないからね」

彼は役目に忠実であろうと、投げ出さずエーファに忠告をする。

「……分かったわよ」

これについては意固地な彼女も素直に聞き入れた。

評価してもらえないという一言が効いたのかもしれない。

「念《ねん》の為、慎重に行こう」

バルはそう呼びかけたが、頷《うなず》いたのはヘレナだけだった。

エーファとイェニーは彼の声に反応せず、ずかずかと進んでいく。

「いや、まずはアウズンブラの様子をうかがわないと」

「怒らせなきゃいいんでしょ？」

バルの言葉にエーファは振り向きもせずに言い、川から離れた位置に生えている、一メートルくらいの高さの木に近寄った。

この木に生えている緑の大きな葉こそが、依頼にあった「ハイレンの葉」である。

単体で使っても何の意味もないが、他の薬草と混ぜることでその効能を高め、副作用を抑え込むという不思議な効果を持つ。

そのような理由で薬師《くすし》たちに重宝されていた。

「確か枝を折って持って行った方がいいのよね」

エーファのつぶやきに仕方なく追いついてきたバルが答える。

「そうだよ。葉っぱだけ取ってしまうと、効能がかなり落ちてしまって、薬に混ぜる価値を失《な》くしてしまうからね」

よく学習していると褒めると、彼女はフンと鼻を鳴らした。

「当たり前でしょ。私たちはいつか三級冒険者くらいに成り上がってやるんだから」

「三級なのか」

バルはちらりと数メートル先にいるアウズンブラに目をやりながら、合いの手を入れた。

黒牛は今のところ特に何の反応も見せてはいない。

「ええ。一級二級は簡単にはなれないみたいだし」

エーファはちょっと悔しそうに答える。

(そういうところは現実的なんだな)

とバルは若干奇妙に感じた。

生意気なくらい勝ち気な性格なのに、というのが正直な感想である。

「エーファちゃん、私たちも一本ずつ取ったよ」

そこへイェニーが声をかけてきた。

バルが振り返ってみれば、イェニーとヘレナの小さな手にも一本ずつ枝が握られている。

「よし、こんなものでいいだろう」

バルはそう言った。

ハイレンの木はしばらくの期間を置けば、再び枝は伸びて葉をつける。

だから取り尽くさなければ何回でも集めることができるのだ。

「特に数が指定されていない場合、ハイレンの枝は三本くらい持っていくのが適当なんだ。それ以上は取り過ぎだと注意されてしまう」

彼の言葉にエーファ以外は素直に、彼女だけは嫌そうに受け入れる。

三人はそれぞれ腰に提げていた白い麻袋の中に枝を入れた。

全ては入りきらず、上の方がはみ出てしまっているが、仕方ないことである。

「お金が貯《た》まったら魔術具の【収納袋】を買いたいわね」

イェニーが自分の袋を見ながら言った。

魔術の効果が込められた収納袋は、質量や大きさを無視して物品を収納できる。

持ち運びに便利な品物だがその分かなり値段が高く、駆け出し冒険者の稼ぎではとても手が出せない。

「ええ。六級冒険者になればいける、でしょうか」

ヘレナが賛同し希望を口にする。

バルとしては知っている以上は言った方がよいと判断し、彼女たちに教えた。

「【収納袋】が買えるのは五級冒険者になるあたり、というのが一般的のようだよ」

「そうなんですね」

ヘレナはちょっとがっかりして肩を落とすが、エーファは強気なことを言う。

「そんなの、普通より頑張ればいいだけじゃない」

これにバルは「おや？」と思う。

（強気な部分と、弱気な部分が混ざり合っているのか）

彼女の言動から察するに、本来は強気な性格である可能性が高い。

そして弱気なのは自信を失うような出来事があったからだろうか。

「そのため、アウズンブラを何とかしなきゃ」

エーファは執着を見せた。

（説得はどうやら無理だな）

バルはそう感じて考えを変える。

無理やり諦《あきら》めさせるのは不可能ではないかもしれないが、彼女はそれで反省するとは思えなかった。

　きっと別の依頼で無茶をするだろう。

（だったらここで一回失敗して、痛い思いを経験してもらった方がいいな）

　今ならば彼がフォローできるからだ。

「そこまで言うなら、試してみるかい？」

　彼がそう言い出すとイェニーとヘレナは目を丸くし、エーファは怪訝《けげん》そうな視線を向けてくる。

「へえ、あんた、意外と話が分かるところがあったのね？」

「ただし、危ないと思ったらすぐ逃げるんだよ」

「ええ、分かっているわ」

　少しも分かっていなさそうな声でエーファは返事した。

「へ、平気なのですか？」

　不安そうなヘレナの声に、イェニーが小声で応じる。

「エーファ、言い出したら聞かないから……あんたも知ってるでしょ」

「は、はい」

　どうやらイェニーとヘレナも苦労しているようだ。

「野生のアウズンブラから乳を搾る方法、みんなは知っているのかい？」

バルは真っ先に確認する。

「えっと、刺激しないように、後ろからそっと近づくんですよね」

「……そうだな」

間違ってはいないだけにバルは反応に困った。

「仔が近くにいないんじゃ、そうするしかないからね。エーファ、君にやってもらおうか？」

「私が言い出したからね。分かったわよ」

エーファは少しもためらわずに引き受ける。

多少は尻込《しりご》みしてくれる方が扱いやすいのだが、そのような性格だともっとバルの助言を素直に聞いてくれるだろう。

「えっと、乳は何に入れたらいいんでしょうか？」

ヘレナがおずおずと疑問を口にする。

彼女の口ぶりからして、持ち運びに使えるものを持参してきていないのだとバルには分かった。

「普通はビンを持ってくるんだけどな。持っていない場合は……そうだな。水筒は持っているかい？」

彼はいくつかある選択肢のうち、最も無難なものを選ぶ。

「はい。あ、そうか」

ヘレナは返事してから、彼が言いたいことを察した。

「じゃあ私の水筒に入れればいいのね」

エーファは腰につけていた赤いポーチから、竹で作られた水筒を取り出す。

中身をヘレナの水筒に移してアウズンブラの背後にそっと忍び寄った。

次の瞬間、アウズンブラの逞《たくま》しい後ろ足がエーファを襲う。

「あっ？」

少女の叫びが聞こえた時、エーファは強烈な蹴《け》りを黙って見ていた。

一人の少女の死を本人と仲間が覚悟したが、悲劇は起こらなかった。

バルがとっさに彼女の肩を抱き抱えて真横に跳んだからである。

草の上に二人の体が転がると、自分の攻撃が空振りに終わったことで、アウズンブラは低く唸《うな》った。

いら立ちと激しい敵意の発露だとバル以外でも分かってしまう。

「ひっ」

ヘレナとイェニーは短く悲鳴を上げて、その場でしりもちをついた。

彼らの方を向いたアウズンブラの瞳は興奮で赤く輝き、猛々《たけだけ》しい空気を放っている。

並みの冒険者では歯が立たないから刺激するなと忠告されている理由が嫌でも分かるほど。

エーファは空を見上げながら、バルの忠告を聞き入れなかったことを後悔した。

(ここで死ぬ。私たち四人とも)

と彼女は確信する。

アウズンブラは動きが速い魔物ではないが、四人とも今すぐ起き上がれないような状況だ。

一人でも助かれば奇跡だと断言してもいい。

そのように絶望した少女たちとは違い、バルはエーファから体を離して草の上を転がり、水辺に生えている草を掴《つか》む。

そしてじわじわとエーファに近づいている、アウズンブラの鼻先に向かって投げつけた。

「グルルルル?」

薬草が鼻に当たったアウズンブラからはみるみるうちに敵意が消えていく。

「今のうちに立ってここを離れよう」

バルは三人に大きな声で呼びかける。

「え、ええ」

彼の声に応じて立ち上がれたのはエーファだけだった。

イェニーはエーファが、ヘレナはバルが手を握って立たせてやり、転がるように彼らは逃げ出す。

丘の上に登ったところでバルは振り返り、アウズンブラが追ってきていないことを確かめた。

つられてエーファたちも後ろを向き、彼女たちはホッと安堵《あんど》の息を吐き出す。

「もうダメかと思ったぁ……」

最初に声を上げたのはイェニーで、

「ごめん」

次にエーファが謝罪の言葉を放った。

「えっと、私たちじゃなくて、バルさんに謝るべき、です」

ヘレナがおずおずと、それでもしっかりと指摘する。

「そ、そうね」

エーファはもじもじとしてから、目をそらしながら、それでも謝った。

「ごめん、バル。私が間違っていたわ。それに助けてくれてありがとう」

どうやらそう悪い子ではないらしいとバルは思う。

「どういたしまして。分かってくれたらいいんだよ」

そして優しい笑顔で彼女の謝罪を受け入れる。

「で、でも……」

エーファは言い返そうとして、ふと気づいた。

バルの左腕の動きがさっきから不自然なことに。

「まさか、骨折……？」

「いや、打ち身だよ。完全にはかわし切れなくて」

彼は何でもないように答えたが、少女たちは大いに慌てる。

「ど、どうしよう。治癒《ちゆ》魔術、ヘレナ使えなかったっけ？」

エーファの言葉にヘレナがいそいそと彼に近づき、右手でバルの左の肘《ひじ》に触れながら呪文を唱え始めた。

「慈愛の女神よ、我が祈りを聞きたまえ……。御身《おんみ》の優しき力をもってかの者の傷を癒《いや》したまえ。【ヒール】！」

白い淡い光の輪でバルの肘の周囲が包まれる。

「痛みがけっこう楽になったよ。ありがとう」

バルはそう言う。

「い、いえ。助けてもらったんですから！」

ヘレナは照れたように頬《ほお》を赤らめる。

「かっこよかったね、バルさん」

イェニーがそう言うと、ヘレナとエーファがこくりと頷《うなず》いた。

「そ、そうだね。ベテランって頼もしいんですね」

ヘレナは素直に、

「ふん。そうかもしれないわね」

エーファは生意気な言い方をするという違いはあったが、どうやらいい年して七級止まりのおっさんという侮蔑《ぶべつ》の意識はなくなったようである。

「ではハイレンの枝が無事か、チェックしてからギルドに戻ろう」

バルは少女たちの評価が急変したからといって舞い上がることなく、落ち着いて三人に声をかけた。

「そうですね」

三人はそれぞれ確認し、全員のものが無事だったことに安心してギルドへと戻る。

「お帰りなさい。どうでしたか？」

ニエベはホッとした表情で四人を迎え入れ、バルに尋ねた。

「何とかこなせたよ。後、雌のアウズンブラが一頭だけ、川のほとりにいた」

「雌のアウズンブラが……？」

ニエベは不可解そうな表情で聞き返す。

帝都付近にアウズンブラがいるのは珍しいと、帝都のギルド職員ならば当然把握している情報だった。

「分かりました。情報提供ありがとうございます。上に報告しておきますね」

「次に依頼された品だけど」

とバルは言ってから後ろで大人しくしている三人娘へ目を向けた。

「これでいいのよね？」

ハイレンの枝を取り出してカウンターの上に並べ、エーファが尋ねる。

「はい。そうですね。特に問題はないようです」

ニエベは慣れた手つきで素早く品物を確かめ、満足そうに頷いた。

「報酬は一万トゥーラ、情報提供料が二十万で合計二十一万トゥーラになります」

彼女の発言を聞いた少女たちは、嬉《うれ》しそうに頬を緩める。

帝都に在住の職人の日当がおおよそ一万トゥーラくらいだと考えれば、なかなかの稼ぎと言えた。

銀貨が入った革袋を受け取ったエーファは、ニエベに尋ねた。

「報酬の分け方はどうすればいいの？　と言うか、バルにはいくら払えばいいの？」

彼女の発言にニエベは一瞬目を丸くしたものの、好ましい変化だと思ってにこやかに回答する。

「バルさんには二割を払えばいいですよ」

「そうなんだ。少なくない？」

エーファのこの発言に、ニエベは今度こそ本当に驚いた。

「ずいぶんと変わったわね」

と言われた生意気な少女は恥ずかしそうに目を逸《そ》らす。

「……自分の馬鹿さに気づいちゃったから」

「いい傾向よ」

彼女はそう言ってから、バルに目を向けた。

「今回はどんな手を使ったんですか、バルさん？」

「何と言うか、運が良かっただけだね」

彼は微笑みながら謙遜《けんそん》する。

ニエベは信じなかったようで、呆《あき》れたような視線で彼を見た。

「もう、そんなんだから《その場しのぎのバル》だなんてあだ名がつけられてしまうんですよ」

不満そうな抗議をバルは笑って聞き流す。

「はは。事実だから仕方ないさ。今回もたまたまアウズンブラがいてくれたおかげで、情報提供料をもらえたんだしね」

「運がいいのも大切ですよ、冒険者って」

ニエベは謙遜するなと言う。

エーファは袋から帝国銀貨を四枚と大銅貨を二枚抜いて、バルに差し出す。

「はいバル。四万二千トゥーラ」

「ありがとう」

黒い安物の財布に銀貨をしまった彼に、彼女は問いかける。

「もしもよかったら、また組んでくれる？」

「おや、俺でいいのかい？」

バルは意外そうに聞いた。

エーファは顔を赤らめてうつむき、もじもじとしながら頷く。

「ええ。みんなもいいわよね？」

「いいですよ」

「バルさんなら頼りになりそうだものね」

二人も笑顔で賛成した。

「変われば変わるものね。お見事ですわ、バルさん」

ニエベは嬉しそうに少女たちを眺めながら言う。

「今日のところは解散して、また明日頑張るといいよ」

バルは照れたように目を逸らし、少女たちに声をかけると三人は素直に頷いた。

「分かった。そうする」

「あの、打ち上げしますけど、よかったら、バルさんもどうですか？」

ヘレナがおずおずと聞くと、バルは少し迷ってから首を縦に振る。

「うん、参加させてもらうよ」

新人冒険者たちとの交流も、彼の仕事のうちだった。

親しくなれば、その分素直に聞く耳を持ってくれる者は少なくない。

「やった！　……あっ」

エーファは手を叩《たた》いて喜び、直後に我に返って真っ赤になって沈黙するという姿が見られた。

その様子を見ていた者たちはニヤニヤしていたが、誰も何も言わなかったのは冒険者の情けというやつである。

そそくさと逃げるようにギルドから出て行ったエーファを、イェニー、ヘレナ、バルの三人が追いかけた。

第二話　来訪者

夜の八時を過ぎた頃、バルは打ち上げから帰ってきた。

彼の家は二等エリアと呼ばれるところにある、粗末な木造作りだ。

そろそろ改築が必要なのだが、家賃を抑えてもらうのを条件にいろいろ我慢してそのまま住んでいる。

彼の家には一応キッチンがついているものの、彼は料理が不得手で外で食べるか、完成品を持って帰るのが習慣だ。

帝都は魔術具のおかげで夜でも道は明るく、騎士の巡回もあるため若い少女たちが出歩いても安全である。

それでも三人を宿屋まで送って戻ってきた。

そして自宅のドアを開けたところで、彼はため息をつきながら言う。

「夜、家の中で気配を殺して待っているのは止《や》めてくれないかな、ミーナ？」

すると何もない空間に突如として人型に光が浮かび、それから光球を浮かべた若い女性の姿になる。

ミーナと呼ばれた女性は黄金の髪にエメラルドのような瞳と長い耳を持った、エルフという種族だ。

美しい容姿の持ち主が多いエルフの中でも、彼女の美貌《びぼう》は群を抜いている。

そして容姿だけではなく、魔術師としての実力も圧倒的だった。

魔術を使った気配遮断は、バルでなければまず気づけないだろう。

「その方があなたの為だと思いまして、バルトロメウス様」

「気遣いありがとう。だが、たとえお互いしかいない場でも、その呼び方は止めてくれ、ヴィルヘミーナ」

礼儀正しい声をかけてきた彼女だったが、バルは困った顔で注意した。

バルトロメウスというのは彼の本名ではあるものの、あまり好きではない。

お返しにとばかりに彼女の本名を出すと、彼女は頭を下げた。

「失礼いたしました」

本名があまり好きではないのはお互い様なのである。

「分かってくれたなら、それでいい」

バルは大らかに答えると、まずは家のロウソクに火を点《とも》し、次に質問を投げた。

「今日は何をしに来たんだい？　まさか私の顔を見に来ただけではないだろう？」

「いえ、そのまさかです」

ミーナが大真面目《おおまじめ》に即答したため、彼は絶句してしまう。

彼女は用もないのにやってこないエルフだと思っていたからである。

実はその方がバルにとって心証がいいだろうと、彼女が狙《ねら》ってやっていたにすぎなかったのだが。

「冗談ですよ」

不意にミーナはにこりと笑い、そう言った。

「何だ、そうなのか」

バルはしてやられたと苦笑を浮かべる。

「それにあなたは調理が苦手ですから手料理のひとつでもと思ったのですが……」

彼女のエメラルドの瞳は彼が抱えている紙袋をとらえている。

「ああ、すまないな。実は冒険者たちと打ち上げに行って、その店で夕飯分にと手渡されたんだよ」

「打ち上げですか？」

ミーナはバルが普段何をやっているのか知っているはずだ。

それでも聞いてきたのは話を聞きたいからだろうと、彼は今日の出来事をしゃべる。

「アウズンブラが……奇妙な話ですね。そしてあなたが左手を動かしていない理由も分かりました」

目立たないように注意を払った結果、ほとんどの者には気づかれなかったのだが、彼女はあっさりと見破った。

もっとも、バルとしてもミーナ相手に隠せるとは最初から思っていない。

「擬態の最中の出来事でしたら、治療はしない方がよさそうですね」

「その通りだよ。そして擬態とはひどい言い方だな」

彼は苦笑した。

ミーナならば彼の怪我《けが》を簡単に治療できるだろうが、それでは何も知らない者への説明に困ってしまう。

「その気になれば皇族並みの暮らしをできるお方が、ずいぶんと慎《つつ》ましいことです」

ミーナの口調に侮蔑の色はない。

これがバルとの仲が良好な理由のひとつだ。

「ああいう生活は落ち着かないんだ。こちらの方が私の性には合っている」

彼はそう言って、紙袋を軽く持ち上げる。

「よかったらミーナも食べるか？」

「いただきましょう。私にも持参したものがあるのでちょうどいいはずです」

ミーナがパンツのポケットから取り出した白い袋からは、新鮮な野菜と果物が出てきた。どう見てもパンツのポケットに入る量ではないのだが、バルは疑問に思わない。

魔術のひとつに質量を変化させるものがあり、ミーナは魔術の名手だからである。彼女ほどの実力者の場合、市場に出回っている魔術具よりも優れた効果がある魔術を普通に使えるのだ。

バルの三メートル四方ほどのキッチン兼ダイニングルームにある、白い円状のテーブルの上に安物の皿が置かれ、食べ物が並べられていく。

「羊肉と玉ねぎの串焼《くしや》き、ジャガイモを揚げたものにミーナが持ってきた野菜と果物か。なかなか豪華だな」

「もう少し食べるもののバランスにお気をつけになった方がいいですよ」

満足そうなバルに対してミーナは一言注意をする。

バルは少し困った顔をした。

「忠告はもっともだが、このあたりに野菜や果物を扱っている店ってあまりないんだよなあ」

「一等エリアにはあるではないですか？　引っ越しをなさっては？」

ミーナは事もなげに回答する。

彼女はバルの本当の経済力を知っているからこそ言えたのだが、彼は首を横に振った。

「ここでの暮らしの方が好きなんだ。できれば引っ越ししたくないなあ」

「……一等エリアでもあなたのお好きな、庶民らしい暮らしはできると思うのですが……」

ミーナは理解不能とつぶやいたものの、それ以上は勧めて来ない。

むやみに踏み込んではこない距離感が、バルにとって心地よかった。

「バル様はこういう味がお好きなのか……？　覚えておかなければ」

串焼きや揚げものを食べる時、ミーナは小声でつぶやく。

無意識のうちに漏れた言葉らしかったため、バルは聞こえなかったフリをしておいた。

食事がすむとミーナが薬草茶を淹《い》れてくれる。

「ハーブの香りがいいな。慣れるまで独特だが」

「お気に召したのであれば何よりです」

応えるミーナの美貌に朱《しゅ》がさし、頰《ほお》がゆるんだ。

そこで会話は途切れて、ゆったりとした時間を過ごした。

お茶の時間を楽しみ後片づけをすませた後、バルは彼女に改めて尋ねる。

「まさか本当に私の顔を見に来て、ご飯を食べたかっただけではないだろう？」

「ええ。お忘れのようですが、明日は定例会議ですよ」

ミーナの言葉に彼はハッとなる。

「しまった」

思わずうめいた彼を見て彼女はクスリと笑う。

「何ならば今回も欠席なさいますか？」

彼女がそう言ったのは、バルには会議に出席しない権利が認められているからだ。

もっとも彼が口裏合わせを頼めば、彼女は適当な理由を他の面子《メンツ》に伝えてくれるだろうが。

「いや、今回は出席したい。やはりアウズンブラの件が気になる。心配しすぎだったらいいのだが」

帝国はここまで平和だと言ってもよい状況だった。

それだけにささやかな変化でも気になってしまうのだ。

「かしこまりました。それでは明日の朝、もう一度うかがいますね」

「ああ、ありがとう」

ミーナの厚意にバルは礼を言った。

人目につかないという点を重視するのであれば、彼女の力を借りて移動するというのが無難である。

「私では誰にも違和感を持たれずに移動するのは難しいからな」

彼が住む二等エリアには、そのような実力者はいないはずであるが、彼は用心深かった。

「向き不向きの問題ですね。戦いならあなたがこの世でナンバーワンでしょうし」

残念そうに言う彼に対して、ミーナはなぐさめの言葉をかけた。

「そうだな」

バルも割り切れないほど子どもではない。

「では失礼いたします」

ミーナは優雅にお辞儀して転移魔術で帰っていった。

次の日の朝、バルは起きると、寝室の雨戸を開ける。

そして家の外に置いている水がめに溜《た》めた水を使って、顔を洗った。

清潔なタオルで顔を拭《ふ》いてさっぱりした気持ちになり、家の中に戻ったタイミングでミーナが転移でやって来る。

「おはようございます、バル様。よろしければ朝食はいかがでしょうか？」

「ありがとう。一緒に食べようか」

彼らは昨夜と同じ部屋で彼女が持ってきた朝食を摂《と》った。

今日のメニューはサンドイッチで柔らかいタマゴを挟んだタマゴサンドと、分厚いベーコンを挟んだベーコンサンドである。

「うん。どちらも美味《うま》いな」

ミーナはしっかりとバルの好みを研究している。その成果が味に表れていて、彼はとても満足した。

「ありがとうございます」

ミーナは頬を赤く染めて礼を述べる。

自分の手で作ったものをバルに褒められるのは、彼女にとっては非常に重要だった。

のんびりと朝食を平らげてお茶を楽しんでいると、やがて時間が迫って来る。

「それではバル様、参りましょう」

「そうだな」

バルはシャツの上に黒いマントを羽織り、黒いフードと白い仮面を被った。

魔術の名手ミーナは転移魔術も気軽に使いこなす。

おかげでバルも一瞬で二等エリアから皇宮まで、近隣の住民に気づかれることなく移動した。

彼らがやってきたのは帝国の支配者たる皇帝とその家族たちが住み、国の中枢機構が存在する皇宮である。

ここの中央宮に朝廷があり、バルたちが参加する会議が開かれる部屋もあった。

ミーナが転移先として選んだのはその会議室の目の前である。

赤と金色の豪華な扉の前には鎧《よろい》を着て剣を佩《は》いた近衛《このえ》騎士が四名、左右に二名ずつ立って見張りをしていた。

彼らはバルたちを見ると直立不動の姿勢を取り、高らかに声をあげた。

「バルトロメウス様、ヴィルへミーナ様、ご到着！」

「私は最後の方だったか。みんな早いな」

バルが言うと、影のひとつが答える。

「転移魔術を使えないのはお前くらいだからな」

その影は銀色の髪を持ち、銀色のひげをたくわえた四十代の男だ。

彼の言う通り、バルを除くこの場にいる七名は全員が転移魔術を使うことができる。

「相変わらず二等エリアで庶民ごっこをやっているのか？」

馬鹿にはしていないものの、不思議そうな態度は隠そうとしていない発言をしたのは三十歳くらいの短い紫髪の男だった。

「我々が守るべき民に触れ合い続ける、実にすばらしき姿勢だろう？」

とバルのことを擁護《ようご》するように言ったのはミーナである。

バルに接していた時とは違い、高慢で冷徹な表情と声だ。

彼女の眼差《まなざ》しと言葉で、場の空気が急激に冷えていく。

「同感だな」

それを打ち破ったのは、彼女の言葉に賛成する声だった。

部屋の入り口でそれを発したのは五十代の赤い髪を持った男性であり、彼はこの国の最高権力を持っている。

「皇帝陛下」

今まで席に座っていた六名が一斉に立ち上がった。

そしてミーナ以外の七名が右手を己の左胸に当て、頭を下げる「拝礼」を行う。

「敬礼」よりも一段落ちるこの礼は、本来皇帝にはやってはいけないタイプだが、ここに揃《そろ》う八名は特別に許されている。

ミーナだけは小さくうなずくだけで簡単な礼すらしなかったが、誰も咎《とが》めたりはしなかった。

皇帝が上座に座り、彼を囲むように八名が一斉に座る。

「我が帝国が誇る八神輝《レーヴァテイン》よ、よく集まってくれた」

皇帝はまず彼らに対して礼を言う。

八神輝《レーヴァテイン》と呼ばれた彼ら八名こそ、帝国が誇る最大戦力であり、バルが持っているように色々な特権を有している。

「今日の話題は最近、いくつかの地で活発になり始めている魔物どもについてだ」

「……この集まりで出るほどひどいということなのですか？」

銀色の髪とひげを持つ四十代の端正な顔立ちの男が聞いた。

皇帝はゆっくりと首を横に振る。

「いや、そうではない。だが、将来的にそうなる可能性もあるかもしれぬ。そういうことだよ、クロード」

この言葉を聞いたミーナ以外の七名はピクリと肩を震わす。

帝国の最大戦力に情報が提供されるということは、それだけ皇帝が事態を憂慮《ゆうりょ》しているということだ。

帝国の軍事力は大きく分ければ領主の私兵か、皇室の所属かになる。

皇帝の指揮下に属するのは近衛騎士、帝国騎士、宮廷魔術兵団に八神輝《レーヴァテイン》といくつもあった。

「事態を甘く見ていたがゆえに、被害が大きくなったという愚《ぐ》は避けたい。だから今のうちにそなたらに動いてもらいたい。クロード」

銀髪の男、クロードはゆっくりと頷《うなず》く。

「いきなり最大戦力の投入というわけですか。我が国の伝統ですな」

彼ら八神輝《レーヴァテイン》は帝国が大陸最強の国家と言われている大きな理由のひとつである。

その彼らを動かすのだから、それなりの意味があるというものだが、一方で帝国は比較的安易に大戦力を投入する傾向が以前よりあった。

「大山鳴動《たいざんめいどう》して鼠《ねずみ》一匹にならなければいいのだが」

その姿勢を皮肉るようなことを言ったのはミーナである。

言うまでもなく皇帝に対して無礼な態度だった。

「もちろん、余《よ》としてはその方がよい。余が臆病者だと笑われて終わるだけの方がな」

彼女に対して怒りを見せたクロードを手で制する。

彼女はバルとは違う意味で特別だからだ。

皇帝は落ち着いて答える。

「我々なら、他の奴らが見逃すことでも気づけるでしょう。我々が動くというのは賛成ですね」

　と紫髪の男が賛成を示す。

「そうか、マヌエルも賛成してくれるか」

　皇帝は嬉《うれ》しそうに言う。

　場の空気が賛成に傾きかけたところで、彼はバルにたずねた。

「バルトロメウスよ、そなたはどう思うか？」

「賛成です、陛下。災いの芽はできるだけ早く摘《つ》むべきだと考えます」

　バルは迷うことなく答える。

　彼が賛成したことで、皇帝は少しだけ安心した。

「ヴィルへミーナもよいか？」

「ええ。賛成します」

　ミーナは短く答えた。

　なぜ皇帝はバルに先に問いかけたのか、彼女を含めてこの場の全員が承知している。

　つまり、彼女はバルが賛成したことに反対しないのだ。

「しかし陛下、全員で動くのですか？　帝都がからになるのはまずいと思いますが」

　というクロードの質問に皇帝は渋面《じゅうめん》になった。

「確かにそうだな。まだあやふやな段階でもある。他に何か情報はないか？」

「根拠になるか分からないものならあります」

右手を挙げてバルがそう発言すると、皇帝はもちろん他の面子も興味を持った顔になる。

「と言うと？」

皇帝に促《うなが》されて彼は続きを言った。

「アウズンブラの雌の成体を一頭、帝都の近くのエルベ川で見かけたのです」

「アウズンブラを？」

彼とミーナ以外の顔に怪訝《けげん》そうな色が浮かぶ。

「アウズンブラはもっと西の地域に生息しているはずだぜ」

と言ったのは元冒険者のマヌエルだ。

「そもそも成体はつがいか、群れで行動するはずだったな」

クロードは真剣な顔で言う。

「現時点では単なるはぐれの可能性もまだ否定はできないのですが」

「そうだな」

バルの慎重な発言を皇帝は肯定する。

ひとつの新情報が出たからといって、すぐに結論を出そうとする性格ではないのだ。

「……もう少し情報が集まるまで待った方がよいかもしれんな」

少しの時間が経《た》って、皇帝は自分の判断を口にする。

「これからは我々も独自に情報を集めるということで、よろしいでしょうか？」

「うむ」

クロードの確認に彼は肯定を返す。

「現状では具体的な指示を出すのも難しいからな。集めた情報は次の定例会議で報告してくれ」

「火急の要件は緊急通信で、ですね」

「そうだ」

皇帝とクロードのやりとりをもって、会議は終了する。

「ではこれからもよろしく頼む」

皇帝がそう言い残して退出すると、空気はだいぶ軽くなった。

「どこかで何かが起こっているのかねえ」

マヌエルが両手を頭の後ろで組み、椅子《いす》の背もたれを軋《きし》ませながらつぶやく。

「まだ分からんぞ。偶然という可能性が残っている。むしろ今のところはそちらの方がありえそうだ」

クロードの返答をマヌエルは鼻で笑った。

「はっ、冒険者をやってた頃にもいたな。何でもすぐに偶然って言い出す思考停止野郎が」

「私が思考停止だと言うのか？」

クロードが不快そうに眉を動かすと、マヌエルは挑戦的な黒いまなざしを向ける。

「他にどう聞こえたって言うんだ？」

二人の間に流れる空気が険悪になった時、バルがずいっと両者の間に割って入った。

「くだらない言い争いはよせ」

「そうだ、みっともないぜ」

彼に続いたのはイングェイという男である。

「……すまない。ありがとう」

冷静さを取り戻したクロードは、謝罪と礼を言って席を立つ。

「頭を冷やすとする」

彼が立ち上がったのに続き、残りの面子も立ち上がって部屋を後にする。

「どうしてわざわざ喧嘩《けんか》を売ったんだよ？」

イングェイがマヌエルに尋ねた。

「はっ、とんでもない展開をありえないなんてわめく野郎なんて、ムカつくだけだからだよ。なあ、バルトロメウス。お前なら、俺の言いたいことは分かるよなあ？」

「否定はしない」

　バルは短く答える。

「だが、お前のやり方に賛同するわけではない」

　彼の言葉を聞いたマヌエルは、

「けっ」

　と言って席を立ってしまう。

　その彼の後ろ姿をミーナが不穏な目で見ていたが、バルが身振りで制止する。

「私たちも帰るとしよう。またな、イングェイ」

「ああ。もうちょっと顔を出してくれよ、バルトロメウス」

「善処する」

　困った顔で言ってきたイングェイに応えたところで、ミーナが転移魔術を発動させた。

「まだ分からないことばかりでしたね、バル様」

「そうだな。他の地域でも似たような件があるなら、偶然とは言えないはずだ」

　彼女の言葉に彼は応じる。

会議の場で言わなかったのは、明確な根拠や証拠があるわけではないからだ。

「魔物の生態に変化があるのは、大体が凶兆ですものね」

「その通りだ。もっとも、魔物と触れ合う機会が少ない奴には、分かりづらい感覚なのも事実だ」

だからこそクロードとマヌエルの小競り合いが生まれたのだろう。

バルはそう考える。

「もっともクロードは真面目な男だから、自分が信じていないことでも手を抜いたりはしないだろう」

その点は他の八神輝《レーヴァテイン》も心配はいらない。

「私はどのようにいたしましょうか？」

ミーナの質問に彼は迷わず答えた。

「他の八神輝《レーヴァテイン》と手分けして、魔物の調査をしてくれ。私は帝都のギルド本部から情報をもらえるように言ってみよう」

仕事をサボっているように思えるが、実はそうとばかりは言えない。

魔物の生態や調査に関しては、冒険者ギルドこそ国内で最も優れた機関だと言っても過言ではないからだ。

「何もなければよいですね」

「そうだな」

二人はそう言い合ったが、何か起こるのだろうなという予感を漠然と抱いていた。

第三話　そよ風亭

冒険者ギルドに行ってニエベに魔物の情報に関する相談をした後、バルはある仕事を引き受ける。

今日の仕事は行きつけの料理屋『そよ風亭』へ岩塩を持っていくことだった。

一等エリアで営業しているような店は材料の仕入れから配送までしてくれる大商会に依頼するのだが、庶民向けの小さな店屋は冒険者に配送を頼むことがある。

自分で運ぶには忙しいが、配達の専門業者を使う費用は節約したい店と、少額の依頼でもコツコツ受けておきたいバルのような七級冒険者の思惑が一致する結果だ。

「あら、バルさん。ありがとうね」

岩塩が入った瓶を持ってきたバルを出迎えたのは、『そよ風亭』の看板娘のマヤである。

彼女は十五歳になったばかりで、栗色《くりいろ》の短く切った髪とクリクリした赤い目が印象的な可憐《かれん》な少女だ。

明るい笑顔がとてもよく似合い、近隣の若い男たちにけっこう人気があるというのも納得だなとバルは思う。

「相変わらず繁盛しているね」

バルは開いたドアの向こうに見える店内の様子をちらりと見て答えた。

「おかげさまで。バルさんもお昼食べていくでしょ？」

「そのつもりだったけど、座れるのかな？」

バルは困った顔をする。

カウンターの席が二つ空いていることに一瞬で気づいたのだが、普通の庶民にはまずできない芸当だ。

したがって彼は何も知らないフリをする。

「ええ、まだ席は空いているわよ。カウンターだけど」

「カウンターでもいいよ」

彼が答えるとマヤは嬉《うれ》しそうに微笑みながら、彼の手を引いて店内に入る。

そして大きくよく通る声を出す。

「カウンター席に一名様入りまーす」

「あいよ。ってバルじゃないか」

答えたのは店主であり料理人であり、マヤの父親でもある男だった。

「はい。頼まれていた岩塩、持ってきたよ」

「ああ、ありがとうよ」

店主は瓶をバルから受け取る。

本当はよくないのかもしれないが、この店の客はいちいち気にしないタイプが多い為、店主もバルもあまり気にしていなかった。

「注文はどうする？」

席に座った彼に店主の妻、おかみさんが聞いてくる。

「ソーセージパンとチーズオムレツ、それに野菜スープで」

「あいよ」

おかみさんが店主に注文を告げに戻った。

バルはそっと店内を観察する。

客は若い男性が中心だが、若い女性、年配の男女も数名いるようだ。

そして大半が一度や二度は見た覚えがある顔である。

この店は常連客によって支えられていると考えてよいだろう。

（何割がマヤちゃん目当てなのかな）

とバルは思った。

マヤが男に口説《くど》かれているところをたびたび目撃している。

二、三回彼が助けたことがあり、そのせいで彼女は懐いてくれているのだろう。
最初に野菜スープを持ってきたのはそのマヤで、彼女は皿を置きながら話しかけてきた。

「バルさん、聞きましたよ」

「ん？　何を？」

「またまた。エーファちゃんたちのことです」

バルは本気で分からなかったのだが、彼女はとぼけられたと思ったらしい。

「謙遜しちゃって」

と笑いながら言う。

「ああ、あの子たちのことか」

彼はつぶやきながら、木のスプーンを手に取る。

頼んだスープはニンジン、トマト、ざく切りキャベツが入っていた。

ひと口飲んでしっかり効いた塩味に満足する。

「うん、美味《うま》い」

「でしょ？」

マヤは嬉しそうに微笑む。

彼女がバルにくっついているのを快く思わなかったらしい若者が、手を挙げて彼女の名前を呼ぶ。

「マヤちゃん、注文いいかな」

「はーい。バルさん、またね」

彼女はそう言って離れていく。

彼女がいちいちそのようなことを言うのは、バルくらいである。

その事実が彼女目当ての若い男の嫉妬心《しっとしん》をかきたててしまう。

（気持ちは分からないでもないが、勘弁してくれ）

バルは表面上そ知らぬ顔をしながら、内心でため息をついた。

そういう男たちがいるからこそ、マヤは自分に下心がないと安心できるバルに懐いてしまうのだ。

指摘しても恐らく火に油を注ぐだけだろうから、彼は何も言わないのだが。

「ごちそうさま」

バルが食べ終えると、マヤが水を持ってきてくれる。

「バルさんっていつも美味《おい》しそうに食べるよね」

「うん、美味いよ、ここの料理」

「父さんが時々だけど、嬉しそうに話してるわよ。バルさんの食べっぷりはいいって」

彼女の言葉が聞こえたらしい店主が、大きく咳払《せきばら》いをする。

「マヤ、そういうのは本人に聞かせなくていい」

「あ、照れてる」

マヤは父の様子を見てニヤニヤした。

「マヤ、サボってないで手を動かしな！」

彼ではなく母親の方が娘を叱《しか》り飛ばす。

「はーい」

彼女は首を竦《すく》めて仕事に戻った。

(仲いいなあ)

バルは微笑ましそうに彼女たちの様子を眺めている。

少しずつ客が出て行き、新しい客が入ってきたところで彼は立ち上がった。

「お勘定」

声をかけるとおかみさんがやってきて、大銅貨を一枚渡す。

「はいよ。昼食代から引いた額だよ」

「ありがとう」

礼を言う彼の顔を見ておかみさんはため息をついた。

「バルもいい年なんだし、こんなその日限りの仕事ばかりしてないで、もっといい仕事を見つけたらどうなんだい？」

面倒見のいいおかみさんはいつものように、彼を心配してお小言を言いだす。

「ははあ、心配かけてすみません」

おかみさんは純粋に心配してくれていると分かっているから、バルは愛想笑いで対応する。

「いい加減結婚を考える年だろうに」

「こんなうだつのあがらない中年に、嫁に来てくれる女性なんていませんよ」

バルが自虐すると、マヤが横から口を挟んできた。

「えー、そんなことないと思うけど？」

「あんたは黙ってな」

おかみさんは娘をじろりと見てぴしゃりと言う。

そして腰に手を当ててバルに向きなおった。

「あんたが結婚できないのは見た目のせいじゃなくて、稼ぎのせいだろう。言ったら悪いけどうちの旦那だって、見た目は大したことないよ」

はっきりとした物言いにバルは苦笑してしまう。

実際、彼女も彼女の夫も顔立ちはそこまでいいわけではない。

この二人からマヤが生まれたのは不思議だと、一部の若者の間で言われているくらいだ。

(相変わらず遠慮のない人だよなあ)

このような言い方をしても反感を買わないのは、ひとえにおかみさんの人柄のせいだろう。

店に来た客、仕事を請《う》けた相手に説教をしても嫌われないというのは、珍しいしお得なものだとバルは感じる。

「でも母さんの言うことも一理あると思うわよ」

マヤが懲《こ》りずに口を挟んできた。

「バルさん、見た目が悪いわけじゃないし、清潔な印象だし、体だってだらしなくはないんだし」

体つきと清潔なかっこうは彼がこっそり気をつけていることでもある。

マヤのような少女に言われるのは少しくすぐったいが、嬉しさもあった。

「でも特にとりえもないからねえ」

「おい、いい加減にしないか」

妻と娘に対していらだっている店主の声が聞こえる。

「そうだよ。母さん、バルさんに絡みすぎ」

マヤもここぞとばかりに援護射撃をしてきた。

「大体、母さんはよくバルさんを褒めてるでしょ。地味な仕事を真面目にこなす、得がたい人だって」

「あ、いや」

おかみさんは娘の指摘に慌てる。

「そういうことは本人のいないところで言うものだよ」

「否定ばかり聞かされる身にもなった方がいいんじゃないの？」

マヤはきっぱりと言い返し、次にバルに目を向けた。

「母さんは私に結婚するなら、バルさんみたいに地味な仕事を厭《いと》わない男を選んだ方がいいなんて言うんですよ。知ってました？」

「初耳だな」

彼は仕方なく答える。

「でしょ。何で本人に伝えないんだって話ですよ」

マヤは理解できないとこれ見よがしにため息をつく。

（たぶん褒めるのはその人のためにならないという感覚なのだろうな）

とバルは思う。

そういう感覚の人は職人系にけっこう多い。

叱られて反発し、奮起することを期待しているというタイプで、褒めて伸ばすという発想自体がなかったりする。

「まあおかみさんは期待してる相手じゃないと厳しくは言わないし、心配してないと小言も言わないよ」

バルはおかみさんを擁護するつもりで言った。

「それ、バルさんだから通じているだけじゃないですか？」

ところがマヤは納得してくれそうにもない。

「みんな、バルさんみたいに分かってくれる人ばかりじゃないんです。むしろ少数派ですよ、バルさん」

「ああ、うん。そうかもしれないな」

これは旗色が悪いとバルは思わざるを得なかった。

彼女は彼の味方をしているつもりなのだから、たしなめるのも難しい。

「じゃあ俺はギルドに顔を出さないといけないからこの辺で」

バルはそう言って逃げ出す。

「あ、ちょいっと」

おかみさんは呼び止めようとしたが、彼は聞こえないふりを決め込んだ。

（ふう、やれやれ……今日はいつもの三倍くらいしつこかったなあ）

理由は分かっている。

その日暮らしは不安定で、何かあれば一気に干上がってしまう危険が大きい。

ここ帝都は豊かで仕事も多いが、それでも絶対の保証はなかった。

親切な者であれば心配するのは当然だろう。

それでもバルは止めようとは思わない。

（しかし、まさかマヤが、私を擁護してくれるとは）

彼にとって誤算だったのは少女の方だった。

彼女に非があるわけではないが、容姿のいい人気もある少女が擁護してくれたとなると、嫌でも目立ってしまう。

「バルさん」

ギルドに向かって歩き出したところで、そのマヤが店から出てきて彼のことを呼び止めた。

「母さんがごめんなさいね」

申し訳なさそうに頭を下げる少女に、彼は気にするなと笑いかける。

「いや、それだけ俺のことを心配してくれてるのだろう。マヤちゃんが謝ることじゃない」

「……ありがとうございます。バルさんが大らかな人でありがたいです」

マヤはまだ暗い顔のままだった。

何か言いたそうな顔でもじもじしているため、バルは黙って待つことにする。

「あの、バルさん、本当にモテないんですか？」

この言葉は並みのモテない男性の心を抉《えぐ》っただろう。

バルはあいにくと様々な意味で「並み」ではなかったため、平然としていた。

「残念ながらモテないなあ」

「そんなこと、ないと思うのですが」

マヤはやや小さな声でそう言う。

「そう言ってくれるのは嬉しいね」

彼はのほほんとした顔で答える。

もしかして自分に気があるのではないか、と若い男が勘違いしそうな空気でも、彼は自然体だった。

「むぅ、バルさん、信じていませんね？」

マヤは顔をあげて彼をにらむ。

しかし、いかにも拗ねている表情で上目遣いをされたものだから、愛嬌《あいきょう》はあっても迫力はなかった。

「いや、信じてはいるさ。だからと言って舞い上がる年齢じゃないってだけだよ」

優しく言い聞かせると、マヤはうつむく。

「何か悔しいです。相手にされていないみたいで」

「そういうわけじゃないんだが」

バルは困った顔をして右頬《みぎほお》をかいた。

「ただ、どう言ってもマヤちゃんには上手く伝えられそうにないなあ」

「私がまだ子どもだから……？」

「それもあるね」

彼はあえてはっきりと言う。

マヤの性格だと傷つけないようにと配慮した方が、よっぽど傷つくだろうと考慮したからだ。

「分かりました。はっきり言ってくれてありがとうございます」

彼の狙い通り、彼女は強さを感じさせる表情で受け止める。

「ほら、そろそろ仕事に戻らないと」

「あ、はい。呼び止めちゃってごめんなさい。バルさんもお仕事頑張って」

「ありがとう、頑張るよ」

小さく手を振ってくれたマヤに、笑顔を返してバルは今度こそギルドへ戻った。

冒険者ギルドは貴族街や高級住宅がある一等エリアに本部を置くが、二等エリアにも支部を置いている。

二等エリアの住民にとって一等エリアはおいそれと入れる場所ではないという配慮だろう。

ここ二等エリア支部は赤いレンガ造りの頑丈そうな建物だった。

バルがギルドのドアを開けると、ばったりとエーファたちと遭遇する。

「バル、仕事を探しに来たの？」

エーファが笑顔で話しかけてきた。

以前の悪い態度が嘘《うそ》のようである。

こうして素直な態度をとっていると、彼女もなかなか可愛《かわい》かった。

「その前に報告が先だな。『そよ風亭』に岩塩を届けて来たんでね」

「ああ、あの店！　バルさんも行くんですか？」

イェニーが食いついてくる。

「常連をやってる店の一つだよ」

バルは笑いながら応じた。

マヤがエーファたちから話を聞いたと言っていたことから、彼女たちも行ったことがあるのだろうと推測したのである。

「お、美味しいですよね、あそこ」

ヘレナも話に入ってきた。

「うん。君たちは仕事かい？」

「ええ。街道の巡回よ。バルは？　報告を済ませた後はどうするの？」

エーファの問いに正直に言う。

「今日は仕事をする予定はないな。頑張ってくれ」

「え、うん」

彼女のみならず、イェニーとヘレナも露骨にがっかりした。

「街道の巡回の仕事なら、ベテランはいらないからね。何かあったら貸し出された魔術具で騎士団を呼べばいい」

バルは優しく教える。

街道の巡回は文字通り街道に異常がないか見回る仕事なのだが、治安が良く魔物が滅多に現れない帝都では重要度が低い。

それでも有事に備えて信号を発する魔術具が貸し出される。

「騎士団かぁ……」

エーファたちはどちらかと言うと嫌そうな顔をした。

市民たちにとっては憧《あこが》れの騎士団だが、冒険者たちにとってはそうとは限らない。

冒険者ギルドは社会の体制や秩序に馴染《なじ》めないはみ出し者の受け皿となることを期待して、皇帝が設立した組織だ。

他者に合わせるのが苦手な者、毎日規則正しい生活を送るのができないだらしない者、上下関係の厳しさに耐えられない者が中心だが、一獲千金を夢見る若者も少なくない。

と言うのも、大功を立てて冒険者から土地持ち貴族に取り立てられた者が現れたからである。

貴族社会の反発はあったものの、「大きな功績を立てられる武力を国家に所属させ、組織に組み込む」メリットを提示して黙らせた。

そのような経緯からか、騎士団や軍といった存在にいい感情を持たない者たちも集まってくる。

（エーファたちもそのタイプか……何やら訳ありのようだが）

立ち入ったことは聞く気はないが、忠告をしておく必要はありそうだ。

「帝都で活動していくつもりなら、『アインスブラウ』とは上手く付き合った方が得だぞ」

『アインスブラウ』、通称帝国第一騎士団。

帝都防衛と周辺地域の治安維持を主な任務とする、全騎士団の中でもえりすぐりの精鋭が所属している騎士団だ。

敵意を買っても何もいいことなどない。

「うん、分かってるつもり。精鋭相手に馬鹿なことを考えたりしないわよ」

エーファはそこまで感情的になってはいないようだ。

「分かってるならそれでいいさ」

バルはそう言って話を切り上げる。

お互いにいつまでもぐずぐずしていない方がいいだろうと判断したからだ。

「またね」

三人はそう言ってギルドを出ていく。

バルはホッと息をついて受付に行くと、ニコニコしたニエベが出迎えてくれる。

「見てましたよ、バルさん。すっかり仲良しになりましたね」

「いやあ、何であんなことになったんだろう？」

と言ったのは彼の本心だ。

「どちらかと言うと、あれが本来の性格みたいですよ。初めての時は警戒しすぎて、ああなっていただけで」

「そうなのかい？　ならまだ分かるな」

バルはニエベの言葉に納得する。

彼女はギルドの受付嬢として色々な人間、種族と接する機会が多い。

その分相手の性格を見抜く眼力が鍛えられているというわけだ。

(この子が言うからには、根拠がないことじゃないのだろう)

バルもそう信頼している。

「とりあえずあの子たちが信頼できる冒険者ができて、よかったです」

などと言うニエベの顔には「計算通りだ」と書いてあるのが彼には分かった。

「君には敵わないな、ニエベちゃん」

「あら、やだ」

彼の言葉にニエベは舌を出す。

「信頼して頼める相手なんて、バルさん以外にはそうそういないですよ。これからもよろしくお願いしますね？」

「できる限りのことはさせてもらうよ」

バルは真面目な顔で返事をする。

危ういところがある新人を、堅実な道を歩むように誘導するということであれば、彼も協力を惜しむつもりはない。

「はい。それでご用件は報告でよろしいですか？」

「そうだな。『そよ風亭』への納品は無事に終わったよ」

「はい、お疲れさまでした。後ほどお店側からの連絡をもって、終了とさせていただきますね」

ニエベは義務的に答える。

報酬の受け渡しタイミングなどは依頼主次第でかまわないが、仕事ぶりについては依頼主から聞かなければならないというのが規則だった。

「それから頼んでいた件についてなんだが」

「ああ、魔物の動きの変化ですね」

　バルの申し出にニエベは心配そうな顔になる。

「お教えするのはいいですけど、戦えないバルさんじゃ危険が大きいですよ？　それともどなたか、上級冒険者とチームを組む予定でもあるのですか？」

　彼女が確認してきたのも無理もないことだ。

　大した戦闘力がないためにずっと七級どまりというのが、バルという冒険者なのである。

　彼一人では七級冒険者パーティーが勝てる魔物ですら、危険な存在だった。

　彼は上級冒険者の知己《ちき》もいるから、組んで行動するのであれば止められないのだが。

「その予定はないけど、無茶はしないよ。どこなら安全なのか、そういう情報が欲しいんだ」

「ああ、そういうことですか。それでしたらかまいません」

　バルの返事を聞いたニエベは安心する。

「どう動けば安全なのか？」という考えは、冒険者が持っているべきであり、バルが無茶をしないという点については彼女も信頼していた。

　正確には、無茶をしない性格でないと冒険者は生き残るのが難しいと言うべきだろう。

　そして生き残っているバルはそれだけで、無茶をしないと証明しているということである。

「現在分かっている限りですが北部にはトロール、東部にはワームですね。どちらも本来の生息域から離れた場所で目撃があります」

「トロールにワームか……どっちも恐ろしい魔物だね」

バルが怖そうな表情で言えば、ニエベは大きくうなずく。

「ええ。トロールは四級、ワームは五級冒険者パーティーで対処するのが安全とされている魔物です。間違っても近づかないで下さいね」

彼女が念押ししてくるのは、それが仕事だからだ。

「分かっている。そもそも俺の実力じゃ、一人で帝都から離れるのも簡単じゃないさ」

「自覚がおありなら大丈夫ですね」

おどけるバルに、ニエベはにこりと笑う。

「西部ではマイリージャが街道に現れたという報告があります」

「マイリージャ？」

七級冒険者は知っている方が不思議な種族だったため、彼は知らないフリをした。

「ええ。湖、沼、川などに住む種族です。温厚で内向的な性格で、よほどのことがない限りは自分たちの生息域から出てきません」

「じゃあそのよほどのことが起きたってことかい？」

「現在調査中です」

ニエベは申し訳なさそうに回答する。

信頼できる実力者を派遣して、ていねいな調査をおこなうとなればどうしても時間がかかってしまう。

「そうか。分かればまた教えてほしい。どんな依頼を受けられるかで、俺の収入が大きく変わってしまうからね」

バルが自嘲《じちょう》するように笑って言えば、彼女は真剣な顔で応えた。

「もちろんです。ただ、収入の安定を図りたいのであれば、ギルド職員になるという道もありますよ。たぶん、バルさんなら合格できるはずです」

「ギルド職員か」

確かに悪い話ではない。

冒険者ギルドの設立を決めたのは皇帝であり、費用は国から出ている。

したがって職員は役人と同じ待遇だし、帝都の職員であれば危険は低い。

バルがただの七級冒険者であれば断る方がおかしい身分だった。

しかし、彼はただの冒険者ではなく、話を受けるという選択をするわけにはいかない。

「考えておくよ」

それでもバルは即座に答えず、保留することにした。

ニエベの厚意を無下にはしたくなかったからである。

「そうですか」

彼女の方も彼が飛びついてこなかったことで、何となく最終的な回答は予想できたようだった。

「気が変わったら教えて下さいね」

しつこく食い下がってくる事はない。

「ああ。その時はよろしく頼むよ」

バルがそう答えると、ニエベが依頼書の束を差し出す。

「依頼を受ける予定はないとおっしゃっていましたが、確認だけでもいかがです？」

「そうだね。見るだけ見ておこうかな」

バルは素直に従う。

依頼書を確認することで、帝都内の状況をそれなりには調べることができるからだ。

もちろん、七級冒険者が見られる依頼書では大したことは分からないが、何もやらないよりはマシなのである。

第四話　帝国冒険者ギルド総長イェレミニアス

帝国内の冒険者ギルドを統括する最高責任者、ギルド総長イェレミニアスは変わった経歴を持つ四十八歳の虎人族の男だ。

十五歳で同じ村の友達と同様徴兵され、そこで騎士に正式採用され、二十二歳にして帝国が誇る騎士団の副長、ナンバーツーに上り詰める。

その後、当代皇帝主導でおこなわれた冒険者ギルドの創設に関与し、二代目のギルド総長となった。

《轟雷《ごうらい》の暴虎《ぼうこ》》という名前は帝国内で勇名の一つに数えられ、国外では将軍、魔術長官に匹敵するほどの存在とみなされている。

しかし、そのイェレミニアス本人はギルド総長となったことを後悔していた。

「責任者になどなるものじゃないな。毎日書類仕事か。つまらん」

茶髪をかきむしり、オレンジの瞳には不満を溜《た》めこみながら彼は唸《うな》る。

そばに控える虎人の女性秘書のアメリーがたずねた。

「なぜそれを予想できなかったのです？　総長は以前『ツヴァイロート』の副長だったの

ですよね？」

『ツヴァイロート』とは帝国が誇る騎士団の名前で、第二騎士団という通称を持つ。

帝国において騎士団の副長となれるのはひと握りのエリートであり、イェレミニアスの能力を示している。

そのはずだった。

「騎士団は幹部クラスになれば書類仕事があるが、そっちが得意な副官をつけてもらえたんだ。それにこれほど書類仕事ばかりでもなかったぞ」

彼はそう説明して嘆《なげ》く。

実は彼の性格と戦闘力を考慮した当時の『ツヴァイロート』の総長が、書類仕事に忙殺《ぼうさつ》されないように裏で手を回していたのである。

馬鹿ではないが深く考えることが不得手な彼は、そのことに思い至らなかった。

アメリーの方はすぐに気づいたのだが、だからと言って事態は何も変わらない。

「何かが起こり始めている。そのような予感がある」

「予感ですか。笑う気はないですけど、それだけじゃ予算は出ないですよね」

アメリーの指摘がイェレミニアスの耳に痛く刺さる。

冒険者ギルドの予算を割り振るのは役人の仕事だ。

そして彼らは予感などというあやふやなものでは納得してくれないのである。

「俺が実戦に戻れば、頭の固い奴らにも有無を言わせない証拠を摑《つか》んでやるんだが」

イェレミニアスは無念そうに唸る。

一級冒険者たちならば彼の代わりができる実力はあるかもしれないが、彼らはギルド総長相手でも細かな指示には従ってくれない。

そして従順な者たちでは実力的に不安がある。

じれったい話であった。

「それほどおっしゃるのでしたら、どなたかギルド総長の代役をご自分で用意なさってはいかがです？　代役さえ用意できるのであれば、反対はされないと思いますよ？」

とアメリーは提案してくる。

強大な戦力の一角であるイェレミニアスを書類仕事に縛り付けておくのは果たして正しい人事なのか、とは帝国の上層部も疑問があった。

だから穴をきちんと埋められる人員さえ見つかれば、強い反対は出ないだろうという彼女の予想は間違っていない。

ただ、代役がいないという問題がある。

「しかし、そんな奴いるか？　冒険者どもを時には腕力でまとめあげ、ワガママ言い放題の貴族どもをひとにらみで黙らせられる奴が。いたらぜひ紹介してほしいぞ」

イェレミニアスの言葉には真情がこもっていた。

「……それらに合わせて事務処理能力もあるとなれば、八神輝《レーヴァテイン》のヴィルヘミーナ様くらいしか思いつきません」

「無理だ！」

アメリーの提案を彼はオレンジ色の目を剝《む》きながら却下する。

「あいつなら癖の強い奴らも、ワガママ貴族も黙らせられるし、仕事もできるだろう。しかし、論外だ！」

「なぜですか？」

彼の反応に対してアメリーは実に怪訝《けげん》そうな顔をした。

（そうか、こいつは知らんのか）

とイェレミニアスは気づく。

ヴィルヘミーナは帝国や皇族に忠誠心を持っているのか、怪しい節すらあると気づいているのはひと握りの者たちだけだ。

彼女が敬意や忠誠心を抱いているのはもっぱらバルトロメウスに対してである。

せめて隠す努力をしてくれればいいのだが、してくれない以上は信用できるわけがない。

彼女が八神輝《レーヴァテイン》の一員として認められているのは、皇帝とバルトロメウスに対する信頼がゆるぎないものだからだ。

イェレミニアスは粗暴な外見や大雑把《おおざっぱ》な性格に反して、故国と皇帝への忠誠心はとても高い。

皇族を軽んじているような態度の女性エルフに対しては、敵意を持つまでは至らないにせよ好意を持てるはずもなかった。

(しかし、どう説明すればいいのか)

彼はアメリーの疑問を解くために発する言葉選びに迷う。

ヴィルヘミーナはその美しさと圧倒的な強さで、帝国内の女性には絶大な人気がある。

男たちの人気も馬鹿にならない。

類《たぐい》まれな美貌と冷たいまなざしがたまらないという者は多かった。

国民人気ランキングをもしも実行すれば一位の座を当代皇帝とバルトロメウスが争い、その次に来るのがヴィルヘミーナではないかという予想があるほどである。

ヴィルヘミーナに関してうかつなことを言えば自分の好感度は一気に暴落してしまう。

イェレミニアスはそう確信していた。

理不尽でしかないと思うものの、世の中の現実とは割と理不尽だったりする。

「八神輝《レーヴァテイン》が書類仕事に追われるなど、俺以上の損失ではないか。特にヴィルヘミーナ様は、バルトロメウス様に次ぐ戦力なのだぞ」

「ごもっとも」

彼が苦しまぎれにひねり出した言葉は、意外とあっさりと受け入れられた。

悔しい気持ちがないわけではないが、それ以上に八神輝《レーヴァテイン》に対する畏敬《いけい》の念が強い。

彼は八神輝《レーヴァテイン》全員に手合わせを願い、全員に完敗した過去がある。

世の中上には上がいるものだと驚き、納得したものだ。

「手、止まっていますよ」

「くっ」

アメリーに指摘され、イェレミニアスは再び手を動かし出す。

そこへ取次係の若い人間族の女性がやってくる。

「そ、総長。お客様です」

彼女の顔は緊張でこわばり、声は震えていた。

どうやら大物の貴族か誰かが来たらしいとイェレミニアスとアメリーは察する。

「誰だ？」

「ひ、《光《ひかり》の戦神《せんしん》》バルトロメウス様です。そ、総長にお会いしたいとおっしゃっています」

「おお、通してくれ」

緊張でガチガチになっている彼女とは違い、イェレミニアスはリラックスした表情で答えた。

「は、はい」

彼がちらりと視線を動かすと、アメリーもかすかに緊張している。

「そんなに緊張するものか？」

「だ、だって、ひ、光の戦神様ですから」

彼女の声も震えていた。

これ以上話しかけるのは酷《こく》な気がしたが、イェレミニアスとしては彼女に頼むしかない。

「それは分かったが、お茶を二人分用意してくれないか」

「は、はい。ただいま」

バタバタと普段のアメリーらしくない動きをしながら、彼女はお茶を淹《い》れに行く。

（まあやむを得ないか）

《光の戦神》バルトロメウスは八神輝《レーヴァテイン》最強と言われていて、その強さと謎《なぞ》の多さから当代皇帝に匹敵する人気を誇る。

若い女性たちの中では憧れている者も少なくはない。

（しかし用件はなんだ？）

彼が来るのが唐突なのは割といつものことなのだが、今回の訪問理由については分からない。

心当たりが多すぎて絞れないと言った方が正しかった。

「そ、総長。バルトロメウス様がいらっしゃいました」

緊張で卒倒しそうな取次係の後ろに、黒いマント、フード、白い仮面という姿のバルトロメウスが現れる。

「失礼する」

魔術の効果によって高くて無機質な声になっているが、中身が男だとイェレミニアスは知っていた。

「ようこそ」

彼は立ち上がってドアまで行き、飾り気のない言葉で《光の戦神》を迎え入れた。

「下がってくれ。バルトロメウス様とふたりきりで話がしたい」

イエレミニアスが言えばアメリーはどこかホッとした顔でこくりとうなずく。

それだけ《光の戦神》という存在は彼女にとっても巨大なのだろう。

ふたりきりになったところでバルは懐から黒いベルをとり出して軽く振る。

すると防音魔術が展開され、室内を包み込む。

「長官殿の製作か？」

「いや、ミーナのお手製だよ」

バルは仮面を外しながら答えた。

イェレミニアスは彼の素顔を知っている為である。

「相変わらずお前第一で生きてるな、あいつは」

とギルド総長は苦笑した。

彼が知っているかぎり、ヴィルヘミーナはバルの為以外で魔術具を作ったことなど一度もない。

バルは魔術が苦手で、ろくに使えないという事情ばかりではないだろう。

「もう少し他の奴らとも仲良くしてほしいんだが」

彼はぼやくように言った。

エルフ自体、誇り高くて高慢なところがある種族だとは知っているつもりだが、今のままでは無駄に敵を作っている気がしてならない。

彼らのやりとりは気安い友人のものだった。

「ヴィルヘミーナがそんな器用な性格しているようには思えんな。戦う者としては恐ろしく器用だが」

イェレミニアスは容赦《ようしゃ》なく指摘する。

「そうだな」

バルは深々とため息をつく。

このようなやりとりを彼ができる相手は、滅多にいなかった。

そういう意味でイェレミニアスは貴重な存在である。

「それで？　今日の用件は何だ？」

そのイェレミニアスは不意に質問した。

「まさか魔術具を見せに来たり、愚痴《ぐち》をこぼしに来たわけではないだろう？」

それではただのノロケや自慢でしかないし、友人と言えど拳骨《げんこつ》をお見舞いしてやるところだが、バルの性格上まずありえない。

「そうだな。お前も忙しいだろうから、本題に入らせてもらおう」

バルはそう言ってお茶をひと口飲む。

「魔物の動きに変化が見られることは、知っているな？」

「ああ。冒険者支部からの報告は来ている。そのせいで今忙しいのだ」

今度はイェレミニアスがため息をこぼす番だった。

「ギルド総長は大変なんだな」

「うむ。適任がいれば今すぐにでも代わってもらいたいところだ」

バルは苦笑する。

「お前の代わりをやれそうなのって、ヴァインベルガー将軍くらいしかいないだろう」

「あの御仁《ごじん》にギルド総長は無理だろうな」

イェレミニアスもつられるように苦笑した。

「他に代役ができそうな者と言えば、お前くらいだな。バルトロメウス」

彼は笑みを消して真剣な顔で目の前の男を見つめる。

「よしてくれ。お前以上に向いていないぞ」

バルからは困った反応が返ってきた。

「いや、お前はいるだけで、実際の事務仕事は他の者がやればいい。事務仕事がこなせる者だけなら、心当たりはあるのだ」

「ずいぶんと疲れているようだな？」

熱心な様子で言うイェレミニアスに対して、彼はいたわるように言う。

「……すまん」

落ち着きを取り戻したイェレミニアスはバツが悪そうに詫《わ》びた。

「冷静に考えれば、お前に頼むのは無理があるよな。八神輝《レーヴァテイン》がギルド総長というインパクトはあるだろうが……」

イェレミニアスは若干の無念を込めて言った。

「八神輝《レーヴァテイン》は非常時に出撃する必要がある。そのため、公的な役職にはつけない」

とバルは話す。

全くもってその通りで、イェレミニアスはついさっきまで忘れていたのである。

「我々が出撃する事態が果たして起こるのかという疑問はあるが、起こってから慌てても遅いからな」

「その通りだ」

バルの言葉にいちいち彼はうなずく。

「問題が起こってから対処するのは二流、未然に防ぐのが一流というのが陛下のお言葉だったな」

イェレミニアスは最初聞いた時、絶句したものだ。

冒険者にとっても当てはまることなのである。

彼が感覚的に漠然と考えていたことを、はっきりと言語化したのが皇帝であった。

「ああ。そこで私が来た用件に戻らせてもらうぞ。私が赴《おもむ》くとすればどこに行けばよい？それを知るために来たのだ」

とバルは言い、イェレミニアスは納得する。

「そういう理由か。正直なところ、現時点でお前が必要なところはないな」

イェレミニアスは渋面を作る。

彼はバルトロメウスの力が必要な事態が起こっていないから大丈夫、と楽観していないのだった。

「だからこそ、好きな場所に行ってもらってかまわないとも言える。何か気になる情報はないのか？」

「そうだな」

バルは回答する前にひと呼吸置く。

「特にこれってところはないな。国全体に何かが起ころうとしている。そんな予感はするのだが」

「それについては同感だ」

イェレミニアスは腕組みをしながら、深刻な表情で言った。

「これほど広い範囲での変化というのは、自然現象かそれとも何者かの干渉によるものかのどちらかだろう。どちらにしても厄介だ」

「自然現象とすれば？」

　バルの問いに彼は答える。

「おそらく国外で何かあったな。危険な生き物の数が増えたとか、移動してきたとか」

「危険が迫っていると気づいたから、今までの縄張りから移動し始めているということか」

「そうだ」

　イェレミニアスの意見はもっともだとバルは思う。

「何者かの干渉というのは？」

　彼の次の問いにイェレミニアスは迷いながら答える。

「帝国によからぬたくらみを持つ者が、魔物を意図的に放っているということだ」

　バルは笑わなかった。

「ありえないとは言わないが、不審者の目撃情報がないのは変だな」

「そうだな。しかし、各地ではまだそこまで考えていないだろう。巡回している者たちだって、目立って不審な輩《やから》がいなければ、気にしていないはずだ」

とイェレミニアスは言う。

「そういう人物がいるかもしれない」ということを想定していなければ、見落としてしまってても責められないとバルは感じる。

「そうだな。人口は多いし、いろんな種族が行き交っているからな」

そう言って肩を竦《すく》めた。

全ての人の挙動を注視しろ、不審な動きに気づけというのはあまりにも酷だろう。

「調査依頼の指示を出しているが、現状ではそこまでは言えん」

イエレミニアスが複雑そうな理由はバルにも分かる。

「そんな指示を出したら、外国の陰謀や工作を疑っていると言っているようなものだからな。国の方針が固まっていない段階では言わない方が賢明だ」

「陛下は何とおっしゃっていた？」

虎人族の目が鋭く輝いた。

皇帝と八神輝《レーヴァテイン》の定例会議の存在は彼も知っている。

「今は情報を集める段階だそうだ」

「……八神輝《レーヴァテイン》にも情報収集を命じられたのか、もしかして？」

イエレミニアスはにわかには信じられないという顔で確認してきた。

「そうだぞ」

バルは当然だという表情でうなずく。

「……最大戦力をそんな使い方をするとは……」

「別にいいんじゃないか」

愕然《がくぜん》として目を見開くイェレミニアスに対し、彼はのほほんとした声を返す。

「いや、お前たちが気にしていないなら、いいのかもしれんが」

「出し惜しみをした結果、事態が深刻化してしまうよりもずっといいじゃないか？」

バルの言葉にイェレミニアスは首を縦に振る。

「正論だな。お前が八神輝《レーヴァティン》でよかったと思う」

「大げさだな」

バルは笑った。

「お前はそう言うが、最大戦力が扱いやすいかどうかというのは、国防上大きな問題だと思うぞ」

イェレミニアスの真剣な響きに、彼はちょっと黙ってから応じる。

「そうだな。ミーナの手綱《たづな》はしっかり握っているから、安心してくれ。と言えばこの場合、いいのかな？」

「うむ……お前には悪いが、どうしても不安は拭《ぬぐ》いきれないのだ」

彼はイェレミニアスの忠告を受けとめた。

「留意しておくよ。みだりに不安を煽《あお》るのはよくない。それにお前が不安になるなら、他にも不安に思う者はいそうだな」

「まるで俺の神経が鋼鉄みたいな言い方じゃないか」

イェレミニアスが笑いながら言ったため、

「違ったのか？」

と返してからバルも笑い声を立てる。

「褒められたのだと思っておこう」

イェレミニアスはそう言ってお茶を飲んだ。

「褒めたつもりだよ」

バルは力強く返す。

「しかし参ったな。現段階では様子見するのが無難というわけか」

彼の独《ひと》り言《ごと》めいたつぶやきに、イェレミニアスは肩を竦める。

「仕方あるまい。時として待つことも重要だ」

「その通りだな。となると、しばらくは七級冒険者としてふるまっておくか」

「ああ、あれか」

イェレミニアスはギルド総長として、バルの活動も知っていた。

「最初は目を疑ったぞ。まさか平凡な冒険者をしているとはな。奇妙な趣味もあったものだ」

「そうでもないぞ？」

バルは苦笑気味の声を出す。

「新人を見守り、育てる喜びもある。八神輝《レーヴァテイン》としてでは行けない場所、食べられないもの、楽しめないこともある。これはこれで楽しい」

「そういうものか？　だったらもう少し、上位のランクになればいいだろうに。何故《なぜ》、あえて最低ランクに留まっている？」

イェレミニアスは不思議そうに尋ねた。

新人を育てるのも、美味《うま》い食べものを味わうのも、七級冒険者でなくともできる。

むしろ上位ランクの方がやれることが多いくらいなのだ。

「上位ランクになるとしがらみが増えるだろう。貴族との付き合いも出て来るし、遠征する必要もある」

「それが面倒だからか。否定はできんな」

バルの言葉をイェレミニアスは理解する。

彼だってどちらかと言えば、そういうしがらみを名誉だとは思わず、面倒だと感じる性格だからだ。

「それに上位ランクだと、緊急時の戦闘義務があるだろう？　八神輝《レーヴァテイン》として協力して事態を解決しろという指令だってあるじゃないか」

「その時、協力しなければ悪目立ちしてしまうのは確実だな」

イェレミニアスは彼の心配を笑わなかった。

冒険者に指令を出すギルド総長として、その点を配慮することはもちろんできる。

しかし、それでもどうにもならない事態はあった。

「八神輝《レーヴァテイン》が全員集合する場所に行けと言われても、行けるはずがないだろう？」

「もっともだ」

バルの言葉にイェレミニアスは声を立てて笑う。

「必要だと思えば六級か五級に上がらせてもらうさ」

というバルの発言は、何も知らない者が聞けば嫌味、もしくは自信過剰の愚か者だと思ったはずだ。

だが、彼が最強だと知っているイェレミニアスには「雨が降ったら傘をさそう」とでも言っているようにしか聞こえない。

「その場合、どう言い訳をひねり出すのか、楽しみだな」

からかうような彼の発言にバルは鼻で笑う。

「お前に特例を認めてもらうのが一番手っ取り早い。つまり苦労するのはお前だぞ」

「しまった、その可能性を失念していた」

イェレミニアスはおどけて自分の額をぴしゃっと叩き、二人の間では大きな笑い声が起こった。

「では今日はこれで失礼しよう。またなイェレミニアス」

「ああ。またな」

バルは魔術具で自宅へと転移し、そこでさえないおっさんに戻った。

第五話　お使いクエスト

バルはエーファたち三人と一緒に、帝都からやや離れた位置にある村に向かっている。

泊まりがけで帝都の外に行くということで、バルが同行することになったのだ。

今日は全員がマントをしている。

「いわゆるお使いクエストってやつね」

「まあそうだな」

エーファの発言をバルは微苦笑しつつ、否定はしなかった。

世話になっている『そよ風亭』のおかみが、故郷の村の家族の様子を見てきて手紙を渡してほしいと言ったのである。

これが遠方だったら彼女ももっと別の人物に依頼しただろうが、帝都からそこまで離れているわけではない治安のよい地域だったため、バルたちを選んだのだ。

「こ、こういうクエストをこなすことで、信頼を積み上げるんですよね、バルさん」

とヘレナが確認する。

「そうだ。ヘレナはよく勉強しているな」

バルに褒められたヘレナは嬉《うれ》しそうに照れ笑いを浮かべた。

「えへへ」

「むっ」

エーファは何となく面白くない。

だが、どうして面白くないのか、自分でもよく分からなかった。

イライラしたものの、それを仲間にぶつけるほど子どもでもない。

少なくとも彼女自身はそう思っている。

「今日は野宿だよね。初めてだから楽しみ」

イェニーがワクワクしている顔で言う。

「緊張感ないなあ」

バルが笑ってからかうと、彼女は恥ずかしそうに頬《ほお》を赤らめる。

「ごめんなさい。つい……」

「いいよ、気持ちは分からないでもない」

素直に謝られてしまうと、彼としても厳しく注意する気にはならない。

要は分かってもらえたらそれでいいのだ。

「マントを言われた通り買ったけど、何に使うの？」

エーファがバルに問いかける。

「暑い時は日ざしよけに使う。雨が降った時は雨具代わりに。寒い日は防寒具として。寝る時は毛布代わりになる。それがマントさ」

「へえ、そんなに使い道があるんだ」

ヘレナ以外の二人は目を丸くして感心する。

「帝都付近で活動するなら、たぶん寝る時の毛布代わりと雨が降った時の雨具代わりくらいにしか使わないかな」

「そうかもしれないわねえ」

帝都付近であれば、酷暑や極寒とは無縁だ。

「過ごしやすいものね、帝都は」

イェニーの言葉にヘレナがうなずく。

「たぶん、作る時にしっかり選んだんだと思うの」

国の中心地なのだから、過ごしやすい場所を選ぶというのは、彼女たちにも分かる理屈だった。

「少し早いけど、今日の寝床を探そう」

とバルは提案する。

日が暮れるまでに探しておかないと少し面倒だからだ。

「ええ、いいわよ」

エーファたちは素直に賛成する。

「どこにする？　川のそばがいいのかしら？」

エーファのアイデアをバルが訂正した。

「川から少しは離れていた方がいい。夜、水を飲みに来る奴だっているだろうから。後、見張りはどうするかだ」

「全員で起きているという手もあるんじゃない？」

イェニーの意見にバルは苦笑する。

「帝都の近郊なら滅多なことはないだろうが、それじゃ野宿の練習にならない。ちゃんと順番を決めて四人でやろう」

「うん。どうやって分担すればいいの？」

エーファに聞かれた彼は袋の中から小さな砂時計を取り出す。

「こいつを使う。全ての砂が落ちるまで約三時間なんだ」

「砂が落ちきったら交代というわけね。分かりやすくて助かるわ」

三人の少女は小さな砂時計をまじまじと見つめる。

「順番はどうする？　すぐに起きられるタイプを後、寝起きがよくないタイプを最初に持ってきた方が無難だと思うが」

というバルに言われて、彼女たちはお互いの顔を見合わせた。

「この中で一番寝起きよくないの、エーファちゃん、です」

「異議なし」

ヘレナの言葉にイェニーが即座に賛成する。

「ちょっ」

エーファは反射的に反論しかけたものの、自覚はあったらしくぐっと堪《こら》えた。

「じゃあ、最初はエーファに頼もうか」

「わ、分かったわよ」

バルにそう言われた彼女は肩の力を抜く。

「次は誰にしようか」

「バル？　バルはどうなのよ？」

エーファは久しぶりに彼に噛《か》みつくような態度を見せる。

「俺は平気だよ。慣れてしまったからね」

「じゃあ次はバルがやってよ」

彼女の発言に彼は目を丸くしたが、イェニーとヘレナから反対の声は上がらなかった。

「反対がないなら俺がやろう。俺の次は？」

「じゃあ私がやる」

「わ、私がやります」

何故だかイェニーとヘレナが同時に言い、困った顔で見つめあう。

「ヘレナ、エーファほどじゃないけど寝起きよくないじゃん。しっかり寝てた方がいいんじゃない？」

「うっ」

イェニーの言葉にあっさり詰まったヘレナが最後ということになりそうだった。

「決まったら寝床にする場所を決めよう」

バルが声をかけ、エーファが応じる。

「どういうところがいいの？」

「下が乾いていて、水辺から遠くなくて、身を隠せる遮蔽物《しゃへいぶつ》があって、なおかつ敵の接近に気づきやすいような場所かな」

彼は間髪《かんはつ》入れずに答えた。

しかし、少女たちは困惑する。

「そんな場所、この付近にあるの？」

乾いていて水辺から遠くないという条件だけならば何とかなるかもしれない。

しかし、帝都からあまり離れていない場所では身を隠せる遮蔽物というのは、せいぜい道に生えているハイレンの木などくらいだろう。

「俺が言ったのはあくまでも理想だ。現実はいろいろと妥協することになる場合が多い」

「そっか。そうよね」

少女たちは納得し、また安心した。

バルは川から離れた木の群生地を選ぶ。

「ここなら木が遮蔽物になってくれるし、川から離れすぎてもいない。ここにしよう」

「へえ、こういうところを選べばいいのね」

エーファは感心したように周囲を見回し、ヘレナとイェニーはうんうんとうなずいている。

「覚えておかなきゃね」

「いつまでもバルさんに頼ってはいられないですから」

少しずつ彼女たちも成長しているのだ。

頼もしいことだとバルは思う。

（これもまた楽しみの一つだ）

八神輝《レーヴァテイン》は最大戦力であり、尊敬される立場ではあるが、誰かを指導することはない。

このように誰かが成長していく過程を見守る楽しみとは無縁な職位である。

バルが冒険者をやっている理由の一つだ。

四人は焚火《たきび》のための燃料を集める。

幸い、ここ数日雨が降らなかったこともあり、たっぷり集められた。

火を起こすのは安い魔術具でもできるが、燃料は自力で用意する必要がある。

そして燃料を必要としない魔術具は高価で七級冒険者の手には届かない。

火がつくと四人で囲み、持ってきた携帯食料を袋からとり出す。

干した果物とパン、棒状に固めた穀物を水で流し込む。

「この辺は水も燃料もあるから、食料とマントを持っていれば何とかなるのよね」

エーファが言うとバルが答える。

「だから七級冒険者に野宿を経験してもらう依頼が多いのさ」

まずは安全でやりやすいところで経験を積んでもらうというわけだ。

冒険者ギルドは過保護ではないが、いたずらにひどい仕打ちをすることもない。

冒険者ギルドに馴染《なじ》めない者が徴兵されていた軍などに復帰する例は非常にまれだ。

大概は他の国に逃げ出し、そこで冒険者をはじめる。

つまり、ある程度は大切にしないと人材流出の危険があるのだ。

「帝国は大陸一の強国だから、そう簡単に出ていくわけがないと思うけど、冒険者ギルドはそんなこと思っていないのね」

エーファが感心したように言う。

帝国は大陸で最も強大で、豊かな国だ。

それなのにもかかわらず、傲慢《ごうまん》さはあまりなく危機感を持っている。

「珍しい、ですよね。西の王国はひどいって聞きます。風の噂《うわさ》だけど」

ヘレナの言葉に、イェニーが顔をしかめた。

「あそこは貴族じゃなかったら人じゃないって扱いなんでしょ？　噂だけど」

「逃げてきたって人の話は、割と転がっているねえ」

バルも彼女たちをたしなめたりはせず、会話に加わる。

こういう会話で情報交換をするのも冒険者の一面だ。

度が過ぎないかぎりはやっておいた方がよい。

「帝国がそんなことないのはやっぱり皇帝陛下のおかげかしら」

「皇帝陛下、臣民にお優しい、です」

エーファとヘレナの会話を聞いて、バルはおやと思う。

彼女たちの表情と声色にはまぎれもなく皇帝への敬意がある。

体制になじめなくて冒険者になった者は、皇帝に好意を抱いていない場合が珍しくないものだが、彼女たちは違うようだ。

「そうだな。ありがたいかぎりだ」

バルは少しうれしくなる。

彼にとっても当代皇帝は立派な君主だった。

誘ってきたのが彼でなかったら、あるいは八神輝《レーヴァテイン》にならなかったかもしれないくらいには。

「さて、そろそろ仮眠を取ろう」

バルはタイミングを見計らって言う。

「まだ早い気もするけど……」

エーファはそう言ったものの、素直に従った。

見張り役以外は焚火から少し離れた場所に移動し、マントに包《くる》まる。

「近くに俺がいるのは平気かな？」

とバルは尋ねる。

冒険者である以上、男女関係なく雑魚《ざこ》寝することは普通なのだが、経験の浅い少女たちには抵抗があるかもしれないと懸念《けねん》してだ。

「平気です」

「まあバルだし、大丈夫だよね」

ヘレナとイェニーは平気そうに受け入れている。

「早く寝たら？　時間が来たら遠慮なく起こすから」

エーファが少しイラついた声を出す。

「おっと、そうだね」

「怖い怖い」

イェニーはそう言って彼女をからかう。

「止めようか」

エーファが目を吊《つ》り上《あ》げたところでバルが間に入る。

「はーい」

たしなめられたイェニーは首をすくめて舌を出す。

ほどなくしてまずはヘレナが、次にイェニーがすやすやと寝息を立て始める。

（二人とも寝つきはいいな）

こういう場合でもすぐに寝つけるというのは、冒険者としての才能の一つだ。

バルもまた夢の世界へと行く。

そしてエーファが起こしに来る一分前に目覚め、彼女が近づいてきたところでそっと起き上がる。

「あら、起きたの？」

エーファは二人を起こさないように小さな声で残念そうに言う。

「ああ。慣れたら君もできるようになるよ」

とバルは答える。

これは嘘《うそ》ではなく、八神輝《レーヴァテイン》でなくともできる者が多い。

「ふうん」

エーファは何となくつまらなそうにしていたが、バルが寝ていた場所へ行って毛布に包まる。

「おやすみ」

「おやすみなさい」

そう言ってたっぷり五分は経過して、ようやくエーファは眠りについた。

「ふむ」

バルは焚火から右へと視線をずらす。

「もういいぞ、ミーナ」

彼が声をかけると、ミーナが忽然《こつぜん》と姿を現す。

同時に防音魔術が周囲に展開される。

「お気づきでしたか。今回は念《ねん》の為本気で隠れていたのですが、やはりバル様は欺《あざむ》けませんか」

彼女はそう言って彼を称《たた》える。

「ああ。生命であるかぎり、私の知覚はごまかせないよ」

バルが持つ異能の応用技術の一つだ。

とんでもないことをさらりと言ってのけたが、ミーナは今さら驚いたりはしない。

「お前からすれば反則かもしれないが」

「ご冗談を。あなたの鍛錬の成果ではございませんか」

彼の自嘲気味な言葉に、彼女は心外そうな声を出す。

「どんな才を持とうと、正しく磨かなければ無意味ですからね」

「……そうだな」

バルはそう答えて、本題に入る。

「それで？　異常はないか？」

「はい。バル様の目的地周辺に特に変わったことはございません。おそらく何事もなく往復できるでしょう」

ミーナはそう報告した。

これはバルが依頼したことではなく、彼女が申し出てきたことである。

バルとしてもエーファたちと一緒では八神輝《レーヴァテイン》としては動きにくいため、彼女の提案を受け入れたのだった。

「帝都付近では異常がないか……そう簡単に分かれば苦労はしないか」

彼は舌打ちを一つしてから尋ねる。

「他の地域ではどうなんだ？」

「今のところ特記すべき情報はないとのことです。もっとも、だからこそ不自然ではあるわけですが」

ミーナの言葉にバルはうなずく。

「そうだな。自然的な要因であるなら、痕跡《こんせき》の一つくらいは生まれるだろう。それに帝都付近にかぎって、何も起こらないということもありえないだろう」

「同感です」

彼女は相槌《あいづち》を打つ。

そんな彼女に彼は意見を求める。

「ミーナはどう見る？」

「手段の方でしょうか？　それとも敵の正体についてでしょうか？」

「前者だ」

バルが聞きたいことを確認し、ミーナは自分の考えを述べる。

「そうですね。痕跡を残さず魔物の生態に変化を与えることができるものと言えば、まず考えられるのは召喚術です。次に転移魔術でしょうか」

「その二つはどう違う？　あ、待った」

彼は尋ねようとしたところで、彼女を制止した。

「次の定例会議の時に聞こう。それでいいな」

「はい。私に異論はございません。お気遣いありがとうございます」

ミーナは淡々として礼を述べる。

バルはここで説明した後にさらに定例会議でも同じことを言う、二度手間になると考えたのだと、彼女は気づいたからだ。

「礼を言われるほどのことじゃないさ」

彼は笑う。

彼女は彼に対してはいちいち律儀なのである。

もう少し他の者に対する態度は何とかした方がいいとは思うが、エルフとしての生き方の問題でもあった。

(何かきっかけが欲しいところだな)

彼が言えばおそらくミーナは聞く耳を持ち、努力してくれるだろう。

だが、果たしてただ彼が言うだけでよいのだろうか。

それだけでは根本的な解決にはならないのではないかという気がしてならない。

だからこそバルはなかなか切り出さないのだ。

「報告をありがとう。戻ってくれ」

「はい」

彼の言葉に彼女は嬉しそうに微笑み、一礼をして姿を消す。

同時に防音魔術の効果も消え去っている。

バルは焚火の番に戻った。

比較的安全な場所だと分かっているが、だからこそ彼は手を抜かない。

そしてエーファが手を抜いたかどうかを確認しておく。

(ちゃんとやっていたか)

彼ほどの冒険者になれば感覚だけでも分かるものだ。

(どうやら真面目で手が抜けないタイプだったようだ)

と彼女のことを評価する。

勝ち気で生意気で冒険者を舐《な》めていそうだった第一印象は、印象であって事実ではなかったらしい。

(ただ知らなかっただけなのだろうな)

冒険者とは最初のうちから危険のある仕事だということを。

しかし、彼女たちは早いうちにそのことに気づけた。

もう大丈夫だと判断するべきではないが、最初の壁を越えたと言えそうである。

砂時計の砂が落ちたところでイェニーを呼びに行く。

彼女は残念ながらまだ寝ていた。

彼のように自分の番が来る前に起きるのには相応に経験を積むか、それともろくに寝つけていなかったかのどちらかであることが多い。

(全然寝られないよりは、熟睡できる方がマシだな)

不眠は体調管理の大敵だからだ。

「イェニー」

他の二人を起こさないように、軽く肩を揺さぶりながら小さな声をかける。

「ん、バル？」

イェニーはすぐにも起き出してくれた。

若い女性冒険者の場合、ひどい場合は悲鳴を上げることもあるのだが、彼女はそのようなことはしない。

正直なところバルも少し安心した。

「お疲れ様」

「おう。頑張れよ」

「うん。お休み、バル」

小さな声でやり取りをした後、彼は再びマントに包まる。

実のところ眠くないし、そもそもひと晩くらい眠らなくとも何ともないのだが、彼女たちの手前、そうするわけにもいかない。

すやすやと眠り、朝を迎えることになる。

ヘレナの番の時に、太陽が東から昇ってきた。

彼女は砂時計の砂が落ち切るのを確認すると、三人を起こそうとする。

　しかし、バルだけはそれよりも先に目覚めた。

「バルさん、すごい……」

　彼女からすれば不思議でたまらない。

「慣れたらみんなできるようになるさ。おはよう」

「お、おはようございます。そ、そうでしょうか？」

　ヘレナは自信がなさそうに首をかしげる。

「ああ。エーファ、イェニー、朝だよ」

　バルの力強い声が二人の意識を覚醒させた。

「おはよう」

　寝起きがよくないと聞いていた割に、二人ともすぐに起き上がる。

　非日常ではよくなる性質《たち》なのかもしれないな、とバルは思う。

「四人で朝ごはんにしよう」

「うん」

　交代で川の水を使って顔を洗い、保存食を食べる。

　川の水はしっかり沸騰《ふっとう》させた後、水筒に補充した。

「今日中に村につけるかな？」

エーファの問いにバルが答える。

「何事もなければね」

「そっかあ」

三人はうれしそうに笑う。

「村に着いたら泊めてもらえるのは楽しみよね」

エーファは言った。

今回の依頼では報酬の一部として、おかみさんの実家に泊めてもらい、食事もごちそうになることができる。

その分もらえる報酬額は控えめになっているが、少女たちは気にしていないようだ。

「元気に行きましょう！」

というエーファの声にヘレナとイェニーはうなずく。

気のせいでなければ昨日よりも元気そうだ。

（目的地が近づいたら元気になるというのは、珍しいことじゃないが）

バルは苦笑気味に考える。

しかしながら、そういう場合にこそ落とし穴があったりするものだ。

もっとも、今回はまずないと昨夜ミーナに報告されているし、実際に体験しないと忠告する価値が半減してしまうだろう。

（ここはうるさく言うのは止めておくか？）

すっかり素直になった彼女たちであれば、きっとバルの忠告を聞いてくれる。

ただ、危険が少ない時でもうるさく言い続けるのは果たして最適解なのかと言うと、微妙なところだった。

（タイミングを見て一度は言っておくべきだが……）

今である必要はないと彼は判断する。

結局、彼の予想通り、何事もなく目的の村についてしまった。

入り口近くで一人の少年が手作りらしい木刀を手に持ち、懸命に素振りをしている。

年齢は十二、三歳くらいだろうか。

汗をかきながら真剣な顔をしてやっている様から、何らかの目的があるのだろうと予想することは簡単だった。

「あの子、兵士にでもなりたいのかしら？」

エーファがぽつりと言う。

「そうかもしれないな」

バルが答える。

「徴兵制はある意味チャンスだとも言えるからね。村人にとっては」

「そうね」

彼女は否定しなかった。

帝国における軍事制度の特徴の一つとして、騎士と兵士が挙げられる。

騎士とは戦闘訓練を受けることが日課になっている戦闘の専門職で、常備戦力として数えられる精鋭たちだ。

一方で兵士とは徴兵されて訓練を受けた後、国軍に編入された者か故郷へと返された民間人のことを示す。

もしくは領主などが保有する私設兵、都市の警備兵として雇われる場合もあった。

民間人となった者たちは非常時に召集されるが、それ以外は戦いとは無縁の生活を送る。

帝国では十五歳になった男女は徴兵されて、それぞれ訓練を受けるのだ。

この際に魔術や精霊術の適性も確認され、適性があった者は軍の指導によって伸ばしていく。

魔術や精霊術の適性が一定以上の者は、騎士として取り立てられる場合があった。

騎士になれば村で暮らすよりもずっとよい恩給を毎月受けとれるし、退役すれば死ぬまで年金が支払われる。

死後も一年間は遺族が年金を受けとることも可能だ。

それに簡単な読み書き計算も教わるし、けがの手当ての仕方なども覚えさせられる。

さらに人手を徴集した代償として十分な食料、衣類、岩塩などが村にも支払われるのだ。

そのせいか、帝国における徴兵制度は「過酷な義務」ではなく、「割のいい出稼ぎ」と考える平民たちは少なくない。

農家の次男、三男たちの中には騎士として取り立てられることを夢見て、手製の木刀をふるう者もいるほどだ。

「騎士になればいい暮らしができますからね」

ヘレナが打ち解けてきたらしい、なめらかな口調で言う。

「狭い門だけどね。何せ魔術、治癒魔術、精霊術のどれかがそれなりに使えるようになるのが、最低条件なんだから」

イェニーは肩を竦《すく》めた。

彼女が言ったように帝国の正騎士の採用条件はとても厳しい。

それによって帝国は大陸一と呼ばれる戦力を誇っていた。

「そう言えば三人はそろそろ徴兵される年なんじゃないか？」

バルはふと尋ねる。

帝国では女性も召集対象で、戦闘訓練を叩《たた》き込む。

帝国内の治安のいい理由の一つが、一見か弱そうに見えても自分の身の守り方を知っている女性ばかりだからではないか、と酒の席の冗談として出ることもある。

彼の言葉に三人の少女は気まずい表情になった。

「受けたんだけど……」

とエーファは語尾を濁す。

「他の人と喧嘩《けんか》になっちゃって」

ヘレナが視線を落としてぽつりと言う。

「我慢すれば、警備兵として雇ってもらえたかもしれないけどね」

イェニーはもう一度肩をすくめたが、顔に後悔の色はない。

「……ハラスメントか何かか？」

バルは眉をひそめた。

あってはならないことだが、若い女性の場合は好色な男に無理に言い寄られることがある。

騎士団の場合は監視の目が光っていて、処罰が非常に厳しいため皆無《かいむ》に等しいのだが、警備兵や私設兵の場合はそこまでではない。

「私たち三人とも愛人になれってさ」

エーファは吐き捨てるように言う。

思い出しただけでもはらわたが煮えくり返っていそうなありさまだ。

「どこの貴族なんだ？　それとも都市長か？」

「……どうして聞くの？」

エーファはちょっと不思議そうな顔になる。

（おっと、怪しまれたか？）

バルはしまったと思う。

後悔しても遅いため、何とかごまかすしかない。

「そういうお偉いさんがいる地域にはできるだけ近づかない。あくまでも平民にすぎない冒険者のささやかな知恵というやつさ」

苦しまぎれに言い訳をひねり出す。

「なるほど。冒険者としての処世術なのね」

「とても分かりやすいです」

幸い少女たちはあっさりと納得してくれた。

「ブランデン州のヘッセンの息子を名乗っていたけど、バルは分かる？」

エーファの問いにバルは首を横に振る。

「ブランデン州なら、帝都があるホルスタイン州の西に隣接してるってことくらいしか知らないな」

そう答えたが本当のことではない。

（ヘッセン子爵《ししゃく》のあのバカ息子か）

と内心では納得していた。

とにかくいい評判を聞かない親子である。

「イヌのメスは珍しいから、飼っておきたいなんて言ってきたくらいだからね」

イェニーの瞳には怒りが燃えていた。

バルとしては「さもありなん」と思うしかない。

ヘッセン子爵は貴族階級未満の者を露骨に見下す。

バルやミーナ相手ですら対象なのだから、エーファたち相手では人格さえ認めていないかもしれない。

「それで逃げて来たのか？」

「ええ。帝都なら皇帝陛下のお膝元《ひざもと》だし、滅多なことはないかなって」

皇帝への信頼が揺らいでいないのは、バルとしてはうれしいかぎりだ。

（もっともだからこそ、そのままにはしておけないな）

彼はひそかに決意する。

この話を聞いてすぐ手を打てば、あるいは勘繰《かんぐ》られるかもしれない。

タイミングを待つか、勘繰られないだけの理由を用意する必要があるだろう。

「初対面の時、あんな態度だったのはそういう事情だったからかい？」

それならば彼女たちのあの態度も無理ないことだとバルは思う。

「……ごめんなさい」

三人はいっせいに謝る。

彼女たちも「あの態度は悪かった」と思えるようになったのだろう。

「いや、仕方ないよ。それに過ぎたことだ」

彼が笑って許せば、三人はほっとする。

「バルがいい人でよかったわ」

「あの男とは器の違いを感じます」

「ほんと、格の違いってやつよね」

三人は褒めてくれるが、比較対象がヘッセン子爵親子では正直あまりうれしくなかった。

「はは、ありがとう」

とは言え礼は述べておいた。

彼らの話がひと区切りついたところで、素振りをしていた少年が木刀を片手に近づいてくる。

「お姉さんたちとおじさん、見ない顔だね？　冒険者？」

汗をかいた少年は人懐っこい笑顔で話しかけてきた。

「そうだよ。そこの村までおつかいを頼まれたんだ」

バルが代表して答えると、少年はずばり言ってのける。

「へえ、お使いねえ。いい年してそんなもん頼まれるなんて、さてはあんた大して仕事ができないんだな」

「はは、その通りだ」

彼は怒らず受け流すが、聞いていた三人の少女たちはぴくりと反応した。

しかし、肝心の本人が怒っていないのでは何も言えない。

「よく分かったね、ボウヤ」

「ああ。大したことない奴にはおつかい仕事しか任せないっていうのは、おいらの村でも同じだからね」

少年は得意そうに答える。

「村の外でも同じなんだな」

「まあ同じ国に暮らす民だからね。似たような考えになるのかもな」

バルが言うと少年はなるほどとうなずく。

彼はバルに対して馬鹿にしているような態度ではない。

さえないおっさんを馬鹿にしない若者は、けっこう珍しいためバルはやや意外に思う。

「おいら、カイルって言うんだ。おじさんたちは？」

「俺はバル。後ろの子たちはエーファ、ヘレナ、イェニーだよ」

彼が代表して答えると、カイルは後ろの三人にも人懐っこい笑みを向ける。

「よろしくな！」

明るく裏表のない様子に押されるように、三人はそれぞれあいさつを返す。

「うん」

口数がやけに少ないのは、カイルに対する態度を決めかねているからだろう。

そう察したバルは自分が矢面《やおもて》に立つことにする。

「で、おっさんたちは今日どうするんだ？　ここに泊まるのか？」

少年も彼の方が話しやすいと見たのか、彼の方を向いて話しかけてきた。

「そのつもりだけど、まずは頼まれたことをやらないとな。獣の革職人のインバーさんの家ってどこだい？」

バルが答えるとカイルは目を丸くする。

「インバーおじさんの家なら、おいらの家の斜め前だよ。よかったら案内するよ」

何とも巡り合わせがいいことだとバルたちは思う。

「じゃあお願いするよ」

「うん、こっちだよ、ついてきて！」

カイルは木刀を抱えたまま駆け出し、途中で振り返る。

彼らは微笑みながら少年の後を追った。

第六話　大浴場

インバーは五十前後の日に焼けた小柄だが骨格のしっかりした、目つきのよくない白髪《はくはつ》の男だった。

バルが見るところあまりおかみさんとは似ていない。

彼らが手紙を見せたところ、彼は四人を家に入れてくれた。

インバーの家は木造で質素だがしっかりとした造りで、帝都にあるバルの自宅よりも広い。

中は必要最小限のものしか見当たらず、生活に余裕のない村人という様子がうかがえる。

「帝都からわざわざありがとう。リタさんの使いなんだって？」

彼らに気さくに話しかけてくれたのは、インバーの奥さんだった。

エーファたちは知らなかったが、リタとは『そよ風亭』のおかみさんの名前である。

インバーの奥さんは、口数が非常に少なく重い空気をまとっている夫とは対照的に、明るくおしゃべり好きのようだ。

「ええ。あの人にはよくお世話になっていまして」

「リタさんは面倒見がいいからねえ」

バルのあいさつに奥さんはうれしそうに返す。

どうやら二人は知り合いで、仲も良好であるらしい。

「知りあいなんですか？」

バルはそう言いながらお茶に口をつける。

お茶は味も香りもほとんどない。

香りや味が豊かなものは嗜好品《しこうひん》であり、貴族や金持ちが買い集めるものだ。

庶民は金持ちや貴族が見向きしない種類のものを、ケチケチしながら淹《い》れる。

「ええ。私もこの村の出身だからね。リタさんとは小さい頃からの知り合い同士さ。まさかあの人が帝都に住むようになるとはねえ。人生ってやつは分からないねえ」

「つまらんことを客に聞かせるな」

昔を懐かしむように、そして楽しそうに話す彼女をインバーがぶっきらぼうにたしなめた。

「何だい、ちょっとくらいいいだろ」

奥さんは鼻白《はなじろ》んで抗議したものの、気分を損ねたらしくそこで話を止めてしまう。

インバーが代わりに話を始めたりしなかったため、一気に空気が重苦しくなる。

エーファたちなどは居心地悪そうにしていたが、話のタネを思いつけなかった。

「このあたりで皮をとれる獣ってどのようなものですか？」

バルが会話を作るために、インバーに尋ねる。

「お前らが知ったところでどうにもならんよ」

返ってきたのは取り付く島もない答えだった。

(これは……会話を楽しむつもりはないという意思表示か)

さすがの彼も困惑する。

「ごめんね、うちの人が」

台所から奥さんが謝った。

「うちの人、口下手だからあんたらと仲良くおしゃべりってどうやればいいのか、分からないんだよ。お茶を出しても怒らないあたり、あんたらが来てくれてすごく喜んでいるはずだから誤解しないでね」

「余計なことを」

インバーは舌打ちするが、声に勢いはない。

よく見ると顔が赤くなっていて、照れているようだ。

そのことに気づいた少女たちが微笑ましいものを見るような目つきになっている。

（歓迎されていないのではなく、歓迎したいのにどうすればいいか分からないってことだったのか）

バルは納得がいき、肩の力を抜く。

歓迎されていない客としてつらく当たられるようであれば、エーファたちを守るために手を打つ必要があると考えていた。

だが、それは誤解だったと分かったのだから気が抜ける。

「客人、風呂に入ってくるか？」

「あ、はい。どこに行けばいいですか？」

インバーの不意を突いた質問に慌てることなくバルは聞き返した。

帝国が豊かな国だと言っても、普通の村では個人宅に風呂はない。

村に一つ共用で浴場が用意されて、入る時間帯を制限することで燃料の消費を抑えていた。

「うちを出て左に曲がってまっすぐ行けば、左手側に赤い看板が見えてくるはずだ」

「えっと、私たちが入ってもいいのですか？」

エーファが不思議そうに、遠慮がちに声を上げる。

村の共用浴場は村人のための施設であり、よそ者は入れない。

彼女の知識ではそうなっているからこその疑問だった。

「かまわん」

インバーは表情をちょっとゆるめて言う。

「誰かに聞かれたら、リタの使いで来ていて、インバーが許可を出したと言え。そうすれば入れるはずだ」

「ありがとうございます」

エーファがうれしそうに礼を言った。

「昨日は野宿で、体を拭くのもできなかったですからね。ありがたいかぎりです。どうもありがとうございます」

バルもそう言い、ヘレナとイェニーも続く。

よそ者を共用の浴場に入れるように頼むということは、インバーが彼らの分の費用を負担してくれるということだ。

報酬の一部と言ってしまえばそれまでだが、温かい風呂に入れるのは冒険者たちにとってかなりありがたい。

身だしなみが気になる女性たちにはなおさらだ。

彼女たちが喜んでインバーに礼を言ったのは決して大げさではない。

「ただまあ、あまり余裕はないから四人でまとめて入ってもらうことになるが、かまわないか？」

インバーの言葉はもっともである。

だが、バルとしては勝手に返事ができないことだ。

冒険者を長くやっていればある程度割り切れるようになってくるのだが、エーファたちはまだまだ駆け出しである。

抵抗が強くても無理はない。

（その場合は私が我慢すればいいだけだからな）

と彼は思う。

男が我慢しろと要求されるのは彼もあまり好きではないが、彼はその気になればこっそりでも入れる立場だ。

そんなことができないエーファたちを優先するというのは当然だろう。

「まあバルならいいかしら」

エーファが言うと、イェニーとヘレナも同意する。

「バル以外だったら嫌だけど、バルなら……」

「賛成です」

少女たちの返事を聞いたインバーはあっけにとられた顔でバルを見た。

「あんた、ずいぶんと信頼されているんだな」

小さな村であれば、男女混浴なのは当然だ。

風呂を焚《た》くコストを抑えなければならないからである。

しかし、わざわざ冒険者となった場合は違う。

平たく言えば「入りたくない相手とは入らない自由」を得る。

だからこそエーファたちがバルと混浴すると言ったのは、それだけの信頼関係が出来上がっていることの証明だ。

「正直、俺自身驚きです」

バルはそう答えたが、これは嘘《うそ》ではない。

「そういうところがバルのいいところよ」

エーファたちはにっこりと笑う。

「らしいですね」

バルがそう言うとインバーは呆《あき》れたのか、何も言わなかった。

「じゃあ行こうか。タオルや手ぬぐいなどは借りられるのですか？」

彼は立ち上がって尋ねる。

「ああ。行けば分かる」

インバーはそう応えてくれた。

呆れたインバーと微笑ましそうな奥さんに見送られ、バルたちは教わった方向へと進んでいく。

小さな村ではよそ者は目立つのか、じろじろと無遠慮な視線を投げられる。

あまり愉快なことではなく、エーファたちは居心地悪そうにしていた。

「冒険者の宿命みたいなものだ。慣れるしかないよ」

バルが穏やかに言うと、三人の少女はこくりとうなずく。

白い文字で乱暴に「風呂」と書かれた赤い看板が、左側に出ているのが彼らの目に飛び込んできた。

「あそこだな」

彼らがドアを開けると少年の声が出迎える。

「いらっしゃい。ってあれ？　さっきのおじさんたち」

番台に座っているのはカイル少年だった。

「どうしたんだい？」

「リタさんの使いで来た礼に、風呂に入っていいとインバーさんに許可してもらったんだよ。そう言えばいいと言われたんだが」

「ああ、なるほど。そういうことか」

カイルは納得したらしく、何かを書きこむ。

そして顔をあげて言う。

「今はちょうどあいているから入っていいよ。タオルは脱衣室のところにあるから使ってくれ。使い終わったらかごに入れてくれよ？」

「分かっている。他に注意事項はあるか？」

バルが尋ねると、カイルは少し考える。

「特にないなあ。初めての人ならともかく、おじさんたちって共用風呂に入るのは初めてじゃないよね？」

「俺は初めてじゃないが……」

バルはそこで少女たちを振り返った。

「私たちも入ったことはあるわよ」

エーファが代表して答える。

「だよな」

彼がうなずくと、カイルは笑う。

「そりゃ貴族や金持ちでもないかぎり、みんな共用浴場に入るはずだもんよ」

貴族や金持ちならば自宅に風呂がある。

庶民とは何もかもが違うのだ。

「ところで君はどうしてここに？　仕事かい？」

バルは靴《くつ》を脱いで尋ねる。

カイルの家は確かインバーの家の斜め前だと本人は言っていたはずだ。

「そうだよ。小遣い稼ぎさ」

彼は明るく笑った。

「そうか」

バルはそれ以上何も言わず、木の引き戸を開けて脱衣室に入る。

脱衣室はあまり広くなく、四人一緒に入れば手狭に感じられた。

棚が二段で脱衣かごが六つしかない。

「この分だと実質貸し切りになりそうだな」

「まあ仕方ないわよ」

エーファが応じる。

小さな村の共用浴場では珍しくもない。

最初に服を脱ぎ終わったのはバルだ。

浴場への入り口らしきところを見ると、左側にかごがあり、右側にきれいにたたまれた白いタオルが並べられている。

「先に行くよ」

バルはそう言って黒い引き戸をすべらせた。

浴槽は黒い金属質の大きな釜《かま》のような形である。

一緒に入れるのは五、六人くらいが限界だろう。

桶《おけ》を使って体に湯をかけ、それから持ってきたタオルで体を洗って入る。

「けっこう熱いな」

バルは少し意外に思った。

小さな村の場合、燃料を節約するために湯はぬるめにされやすい。

(小さいだけでそこまで財政は苦しくないのか?)

と思う。

それならばよそ者に風呂を勧める気前のよさも説明がつく。

彼がそこまで考えたところで、エーファたちが入ってくる。

エーファは均整がとれた肢体の持ち主で、胸のふくらみは意外とあった。

イェニーは残念ながらサイズが小さいが、三人の中で一番腰が細い。

ヘレナは立派な果実の持ち主で、三人の中で一番立派なものを持っているのは一目瞭然である。

ただ、ぜい肉も一番多いようだった。

「……ジロジロ見てこないのね」

エーファは少しホッとした声を出す。

覚悟はしていてもあまり凝視されるのはやはり気分が悪いのだろう。

「ははは。おじさんだからね」

バルは笑って受け流す。

彼の実力をもってすれば一瞬もあれば十分すぎるのだが、言わぬが花というものだろう。

「あんまり見ないでくれて助かるわ。小さいもの」

イェニーが悔しそうにうつむく。

「え、でも、イェニーちゃん、腰が細くて羨《うらや》ましいよ？」

ヘレナが慰《なぐさ》めるように言うと、エーファが同意する。

「本当よね。いったいどうやればそんなほっそりとするのよ？」

彼女の方は心情がたっぷりとこもっていた。

「そう言われても……」

イェニーは鼻白んだが、すぐに言い返す。

「私にしてみれば、立派なものを持ってる二人の方が羨ましいよ。特にヘレナ」

「それは同感ね」

エーファはヘレナを新しい標的にする。

「えっ？」

キョトンとする彼女の胸をエーファが軽く揉《も》む。

「やん、ちょっ」

「この胸はずるいわよ、この」

「そうよ、そうよ」

二人がかりでヘレナを押さえ込み、胸を揉みしだく。

「や、やだぁ、バルさんがいるのにぃ……」

彼女は泣きそうな声で抗議の声を上げる。

この言葉で二人は自重したかと言えば、そうならなかった。

「大丈夫。バルは礼儀正しくあっちの方を向いているし、紳士的に耳も塞《ふさ》いでるわ」

エーファが言ったのは事実である。

女の子同士のたわむれが始まった段階で、バルは礼儀を守っていた。

「だから問題ない」

とイェニーがにやりと笑う。

ヘレナにしてみればたまったものではない。

「そ、そんな。バルさん助けて！」

彼女は必死に大きな声を出す。

それに気づいたバルは、壁側を向いたまま声をかける。

「いい加減にしたらどうだ？　冗談ですまなくなりそうだぞ」

「はーい」

イェニーは素直に返事をして手を放す。

「バルに言いつけるとは卑怯《ひきょう》ね」

エーファは悔しそうに言いながらも、彼の言葉に従った。

「じゃれあうのが悪いとは言わないけど、俺たちの入浴時間が長いとその分インバーさんの負担が大きくなってしまうぞ。そのつもりでな」

「あっ」

三人娘は同時に声を上げる。

彼女たちはそのことをすっかり失念してしまっていたらしい。

「そうだね。急ぎましょ」

エーファたちはバツが悪そうな表情で、手早く体を洗う。

「そこまで焦る必要はないだろうけどね」

バルは笑った。

「む、むう……」

「ゆっくりつかればいいじゃない」

とまどうイェニーにエーファが声をかける。

「そうですね」

ヘレナはうなずき、ゆっくりと浴槽につかった。

「おっと。移動するか」

中央付近にいたバルは奥の方へと移る。

ヘレナの次にエーファとイェニーがほぼ同時に入ってきて、湯があふれ出す。

四人が揃《そろ》ったところでバルはようやく三人の方を向く。

「こうして浴槽で顔を合わせると、ちょっと不思議な気分だな」

「そうね」

バルの言葉にエーファは照れ笑いを浮かべる。

「男の人と一緒にお風呂に入る日がくるなんてね」

イエニーはそう言ったが、嫌そうな顔ではない。

楽しそうに笑っている。

他の二人も同様だった。

（まあ私は何回もあるんだが……）

バルは言葉にするのを避ける。

信頼関係さえきちんと築けば、年ごろの少女たちと混浴する機会があることは決して珍しくない。

それが冒険者という職業だ。

だからと言って言わない方がよい時と場合もある。

「俺は先に上がろう。外で待ってる」

彼はのぼせる前にそう言って、浴槽から出た。

「はーい」

三人は仲よく声を揃えて返事する。

それが微笑ましく、バルはくすりと笑った。

タオルで体をよく拭いて使用済みのかごに放り込んで服を着る。

さっぱりとすがすがしい気分になるのだから、風呂というものは大したものだ。

(風呂ってこういうものの方がいいんだよな)

とバルは思う。

彼が望むならば豪華な専用大浴場を作ってもらえる立場だし、皇宮の特別風呂にも入ったことがある。

それでも庶民の素朴でこぢんまりとした風呂の方が彼の性にはあっていた。

貧乏性だとからかわれることもあるが、彼は別に否定しない。

豪奢《ごうしゃ》な生活に馴染《なじ》めない自覚を持っているからだ。

服を着替えて外に出ると、カイルがニヤニヤと笑いながら話しかけてくる。

「で、おじさんは誰があの中で一番好み？」

「俺たちはそういう関係じゃない」

バルはそっけなく答えた。

「な、何だよ。ちょっとくらい教えてくれてもいいじゃんか」

冷淡な反応にカイルはすねたように頬《ほお》をふくらませる。

幼い少年的可愛《かわい》らしさはあったが、彼には通用しなかった。

「誰に聞こえるか分からない場所で、女の子の評価なんてするものじゃないぞ」

優しく言って聞かせる。

「うん？」

少年が怪訝《けげん》そうな声を出した時、ガラリとドアが開いてエーファたちが出て来る。

「ふう、いいお湯だった」

そう言う少女たちのしっとりと濡《ぬ》れた髪、紅潮した肌はどこか色っぽい。

「ほらな」

バルの言葉にカイルはようやく理解する。

「う、うん」

さすがの少年も本人たちの前で聞こうとする勇気はなかったらしく、怯《ひる》んだ様子で小さく返事をする。

「何の話をしてたの？」

エーファが不思議そうに二人に話しかけた。

「ああ。女の子の誰がいいとか、失礼なことを言うべきではない。そういう話だよ」

「ふうん」

カイルの予想に反して、エーファたちは怒らなかった。

彼女たちから見れば少年はまだ幼くて生意気な年ごろというのもある。

「それをバルが注意してたんだ。バルって落ち着いてるわよね」

好意のこもった発言をしたのはエーファだ。

「どちらかと言えば枯れてる気がするわ」

とやや心配そうに言ったのはイェニーである。

「い、イェニーちゃん」

ヘレナが慌ててたしなめた。

「そうねえ。私たち三人と一緒で下心を持たないのは、ちょっと腹立たしいわね」

エーファもそのようなことを言い出す。

「あれ、おじさん、ピンチじゃない？」

カイルがちょっと面白そうな声をあげる。

しかし、バルは慌てない。

「魅力的な女性に対してこそ、下心を抑えるのは紳士としてのたしなみだよ」

落ち着きはらってエーファに応える。

微笑みを浮かべる余裕すらある彼の態度に、三人は好感を覚えた。

「そう言われると、弱いわね」

エーファは照れて目を逸らしてしまう。

「魅力的だからこそって言われたらねえ」

ヘレナとイェニーも目を合わせ、うれしそうに笑い合う。

(は、反則だあ！)

カイルは心の中で絶叫する。

バルのようにさえないおっさんが仕事とは言え、美少女三人と一緒にいるのだからちょっとくらい困ればいいのにと思っていた。

エーファの問いはうってつけだと感じられたものである。

ところがバルは見事に乗り切ってしまった。

(これの年の功ってやつか？)

カイルは奇妙な敗北感を覚える。

第七話　少年の将来

インバーの家で出された食事は麦粥《むぎがゆ》に堅い黒パンだった。

素朴で薄い味の食事をバルたちはありがたく食べる。

「食べ終わったら自分で布団を敷いて寝るといい」

「ありがとうございます」

バルが四人を代表してインバー夫婦に礼を言った。

夜遅くまで起きているとロウソクを消費する為、早めに眠るというのは村では何も珍しくない。

エーファたちにとっても当然の話だった。

来客用の薄い布団はあるが、客間などない。

インバーたちとすぐ近くで彼らは眠るのだ。

雑魚寝《ざこね》になり、ロウソクの火を消したところでエーファが口を開く。

「明日、どうする？　そのまま帰るの？」

「そうだな。本当は周辺探索して、情報提供料でも稼げたらいいんだが」

バルの答えにイェニーが残念そうな声を出す。

「そんな余裕はまだないわよねえ」

「う、うん」

ヘレナも遠慮がちに声を出す。

周辺地域の探索となると、それなりの準備と支出が必要となる。

彼女たちにはそれができるほどの余裕はなかった。

「やるなら帝都に戻ってからがいいだろうな」

「うん。そうする」

エーファがそう答えたところで会話は途切れ、一人また一人と眠りに落ちていく。

全員が寝静まったところでバルはそっと体を起こす。

「来たな、ミーナ」

「はい」

間髪《かんはつ》入れずにミーナが彼の布団の間近に出現し、同時に防音魔術が展開される。

「ブランデン州のヘッセン子爵を知っているか？」

「ろくな評判を聞かない程度の情報しか持っておりません」

バルの問いに彼女は答え、それから問いを返す。

「……始末いたしますか？」

「強権を行使するには少し早い段階だとは思うな」

二人は物騒なやりとりを始める。

と言うのも、八神輝《レーヴァテイン》は貴族を独自判断で捕縛したり殺害したりする権利を、皇帝から与えられているのだ。

もちろん相応の根拠の提出が要求される。

「どのような情報をお持ちなのでしょうか？」

ミーナに聞かれたバルは、エーファたちから聞いたことを伝えた。

「若い女性を妾《めかけ》になれと強引に勧誘し、断られると嫌がらせをする。そのような愚者が未《いま》だに死に絶えていないとは……」

彼女の声にはわずかな怒りがこもる。

バル以外に対して冷淡で高慢な彼女も、同じ女としての怒りを覚えたようだ。

「バル様は高く買っていらっしゃるようですが、皇帝の治世にも限度はあるということではないですか？」

とミーナが彼に向かって不満をこぼす。

「そうだな。陛下だって人間だ。限界は存在する。それを助け、支えていくのが臣下の務めというものだ」

バルは力強くゆっくりと、言い聞かせるように言う。

「……はい。心得ました」

ミーナは不満を消して返事をする。

「分かればいい。証拠固めをしてもらっていいか。詳細は宰相《さいしょう》と相談すればいいだろう」

「かしこまりました」

バルの指示に彼女はうなずく。

「ところでだが、異変の方はどうなっている？　何か分かったことはあるか？」

「今のところ手がかりはまるでありません」

次の彼の問いにミーナは淡々と答える。

「だからこそ転移魔術が使われている可能性が高いと見ました」

「召喚魔術だと手がかりは残りやすいということか？」

バルはさらに質問を重ねた。

「はい。召喚ポイントとなった地に痕跡《こんせき》が残りやすいですね。それを消そうとすれば、相応に手間暇がかかり、目撃者が出やすくなります」

彼女の回答に彼は納得する。

「お前の目でも探れない召喚魔術の使い手がこの世にいるとは思えないからな。転移魔術の使い手だと仮定しよう」

「ありがとうございます」

バルに実力を信頼されたと感じ、ミーナは礼を述べた。

「ですが、まだ断言はできません。何故《なぜ》なら、【闇の召喚魔術】というものがあるからです」

そしてそのようなことを言う。

「闇の召喚魔術……？」

「詳《くわ》しく説明いたしましょうか。それとも定例会議まで待ちましょうか？」

ミーナはどちらでもよいという顔で尋ねてくる。

「定例会議でいい。二度手間になってしまうだろう」

バルはそう答えた。

（こういうところを他の奴にも見せれば、もっと人気が出て信頼もされるだろうに）

不器用なものだと彼は残念に思いながら。

「三日後の定例会議にもいらっしゃいますか？」

ミーナの方から彼に問いかけてくる。

「ああ。何かが起ころうとしている予感がしてならないからな」

とバルは答えた。

村の周辺地域の探索に反対したのは、何もパーティーに余裕がないだけではない。

定例会議に参加が困難になるからでもあった。

「では迎えに参りますね」

「よろしくな」

「はい。お任せを」

ミーナは熱のこもった答えを返し、一礼して転移魔術で帰る。

バルは布団にもぐり、今度こそ眠った。


朝、ニワトリが鳴いた頃、インバー夫婦とバルが目覚める。

外は少しずつ明るくなってきているところだった。

「早いな」

インバーが声を出すとバルは笑う。

「ええ、まあ」

会話はそれで終わってしまった。

「朝はどうする？」

代わりに彼の奥さんが尋ねてくる。

「さすがにそこまでは甘えられません」

「そうかい。無理にとは言わないけど」

奥さんは残念そうだった。

（いい人たちだな）

バルの胸はポカポカと温かくなる。

決して豊かな生活をしているわけでもないのに、他人にも親切な人との交流はかけがえのないものだ。

（こういう人たちを守る為に私はいる。そう思えるな）

バルはそう考える。

人々のささやかな日常を奪わせない。

それが彼のポリシーだ。

外に出て朝の新鮮な空気を吸い込む。

すがすがしくて美味《おい》しいと思う。

（心なしか、帝都よりもだな）

彼が軽く体操を済ませると、カイルが家から出てきて寄って来る。

「おじさん、おはよう。朝早いんだね」

「ああ。目が覚めてしまってね。年のせいかな」

バルは自虐的に笑う。

「おいらはまだ小さいけど、早起きできるんだぞ」

カイルはえへんと胸を張る。

「偉いな。大したものだ」

彼は少年の期待通り褒めてやった。

「えへへ」

カイルは照れたように笑い、鼻を指でこする。

そしてちらりと上目で見た。

「おじさん、朝飯はどうするんだい？　インバーおじさんのところで食べる？」

「いや、そういうわけにはいかないな。保存食でも食べるさ」

彼がそう答えると、カイルの目は少し輝く。

これは何かあるなと彼は思う。

案の定、カイルはおずおずと提案してくる。

「じゃあさ。おいらがご飯を分けてやるから、代わりに頼みを聞いてほしいって言ったらどうする？」

「いいけど、聞けることと聞けないことがあるよ。俺はしがない七級冒険者でしかないからね」

バルは希望を持たせてはいけないと、先に断りを入れた。

「あ、うん。おじさん、帝都の騎士に知り合いはいるかい？」

カイルは心配そうな顔で尋ねて来る。

「え、どうしてだい？」

バルは驚いたふりをして目を丸くした。

帝国が擁《よう》する騎士団の総長、各騎士団を統率する将軍ならばたまに顔を合わせるし飯も食う仲である。

もちろん八神輝《レーヴァテイン》バルトロメウスとしてであり、七級冒険者にすぎないただのバルとは接点があるはずがない相手だ。

「おいら、三男坊だからさ、もらえる仕事がなくてそのうち出て行かなきゃいけないんだ。他に探さなきゃいけないなら、いっそのこと騎士か冒険者になろうかなって」

「なるほど……」

彼はカイルの言わんとすることを理解する。

（よくある話だな）

生まれた家が豪農か豪商であればともかく、普通の家では三男四男に与えられる仕事がない。

自分で探して独立してやっていかなければならなかった。

そのわずかなとっかかりを期待して、バルに話しかけてきたのも、当たり前の処世術である。

「騎士や兵士でいいなら、一応顔見知りはいるけどね」

ただのおっさんとしての立場であれば、下っ端の兵士や騎士としか面識はない。

彼らには人事権がなく、上役に紹介するのがせいぜいだろうが、カイルだってそれくらいのことは承知しているだろう。

「う、うん。それでもいいよ」

予想通りカイルはうれしそうに返事をする。

少しでも可能性があるならば、ということなのだろう。

「じゃあちょっと武器を扱っているところを見せてもらってもいいかい？」

バルの問いにカイルはきょとんとする。

「いいけど、おっさん、分かるの？」

さえないただのおっさんに武器の扱いの巧拙《こうせつ》が理解できるのか、と少年が思ったのは当然だ。

「いや、知り合いに紹介しようにも、君の得意武器も知らないんじゃ無理だからね。知っていればちょっと見てやってくれないか、くらいは言えると思うよ」

「ふーん？　そういうもんなのかな」

バルの回答にカイルは納得したような、できないような顔になる。

「俺は戦えないけど、他の三人は戦えるからね。評価はできるんじゃないかな」

バルはさらにつけ加えた。

「ああ、なるほど。じゃあちょっと取って来る」

カイルは納得したのか、家の中に入って手作りの木刀を取って来る。

その間、上手い具合にエーファが起きて外に出てきた。

「バル、おはよう。何をしてるの？」

「おはよう」

ふり向いてあいさつを返し、彼女に事情を話す。

「昨日会った男の子が、冒険者か騎士になりたいらしい。見どころがあるかどうか、見てやってくれないか」

「それはいいけど……」

エーファは彼の頼みを断らなかったものの、怪訝《けげん》そうに眉を動かす。

「どうせなら徴兵まで待った方がいいんじゃないの？　あの子、まだされてないんでしょう？」

「そうなんだが」

彼はうなずいてから声を低めた。

「少しでも早く家を出たい。そういう状況になってしまってる可能性も考慮しておいた方がいいと思ってね」

「あ、そうか」

エーファはバルの懸念《けねん》に気づき納得する。

経済的に余裕がない家での下の子の立場はよくないものだ。

虐待はされていなくとも肩身は狭く、さっさと逃げ出したいと思っていても不思議ではない。

「でもあの子の年で騎士や冒険者になれるものなの？」

「年齢制限はあるよ。十五歳まではなれない」

エーファの問いにバルは答える。

「それじゃダメじゃない」

少女はあきれた顔で言う。

当然の反応だが、彼はニヤリと笑った。

「ところが見習い制度というものがあってね。十五歳未満であっても、見習いとして採用されることができるんだ」

「あ、そうなんだ」

冒険者になったばかりのエーファでは知らなくても仕方ない。

「もちろん狭き門だけどね」

バルはそこで憂《うれ》いを浮かべた。

冒険者はまだしも、騎士団は団員数にも上限がある。

よほどの才能を見せないかぎり、見習いとして確保しようとは思わないだろう。

「そうなのね」

「カイルに才能があれば解決なんだが」

バルは不安そうに言う。

才能があればいいが、ないと判断された場合が厄介だ。

「あの子、そこまで考えてるのかしら？」

イェニーの言葉に彼は答えない。

ちょうどカイルが木刀を持って戻ってきたからだ。

「あれ、姉ちゃんたち。姉ちゃんたちも見てくれるのか？」

「ええ、いいわよ」

エーファがにっこり笑う。

それを直視したカイルは、さっと表情を赤らめて目をそらす。

どうやら彼は美少女に免疫《めんえき》がないようだ。

素朴な村の少年らしい光景をバルは微笑《ほほえ》ましく思う。

「じゃあいくよ」

彼は張り切って木刀をふるう。

その動きを見ていたバルはそっとため息をつく。

（これはダメだろうな）

と直感した。

彼はおおよその素質を見るだけで感覚的に理解できる。

それからするとカイルは騎士になれるだけの才能はなさそうだ。

感覚的なものだから言葉で説明するのは難しいし、今の立場ではもっと無理なのだが。

「どうかな？」

カイルは手を止めて期待がこもったまなざしを向けてくる。

「うーん、エーファはどう思う？」

バルは自分では評価せず、エーファたちに投げた。

今はさえないおっさんを装っているからというのもあるが、エーファたちの見る目も確かめておこうという狙《ねら》いもある。

「兵士としてならありなんじゃない？」

とエーファは答えた。

「騎士になれるかは、魔術の素養も大事だからね」

イェニーが肩をすくめて言う。

「魔術の素養、私たちじゃ分からないです」

ヘレナはちょっと困った顔で、遠慮がちに告げる。

「そっかあ」

カイルはがっかりして肩を落とす。

どうやら騎士になれるという評価が欲しかったらしい。

でもすぐに彼は立ち直った。

「でも、兵士ならなれるんだよな。兵士ってどこでなれるんだ？」

彼の問いにバルたち四人は顔を見合わせる。

「どうやって説明すればいいの、バル？」

「そうだな。俺がやろうか。ここまで来たらきちんと言わないと、無責任になってしまう気がするからな」

「そうね」

少女たちが任せるという表情をしたため、バルが言うことになった。

「兵士は領主様がいらっしゃる街に行けば募集されている。他にも徴募のお触《ふ》れが回ることもある。だが、カイルはまだ止めた方がいい」

「え、どうして？」

カイルは理由が分からずきょとんとする。

「君が騎士になれるのか、まだ分からないからだ。帝国では騎士になれない人が兵士になるんだよ」

「へえ、そうなんだ」

バルの説明に彼はそう言ってから首をかしげた。

「つまり騎士になれた方が得ってことかい？」

「そうだな。俸給は騎士の方がいいし、年金も出る。それに徴兵されれば読み書き計算も教えてもらえる。つぶしが利くようになって、働き口を探しやすくなるぞ」

「それはすごいな……」

カイルは目をみはる。

彼の態度にバルは不思議に思う。

「君の兄弟は分からないが、両親は徴兵された経験はあるだろう？　知らされていないのかい？」

「うん。徴兵には応じろとしか聞いていないよ」

「そうか」

彼の両親は彼の将来に興味がないのだろうか。

バルはそう感じずにはいられなかったが、家庭の事情にはおいそれと踏み込むわけにはいかない。

「どうしても今すぐに家を出たいのかい？」

「……我慢した方が得なら我慢しようかな」

改めてバルに聞かれると、カイルは迷いが出たようだった。

「迷うくらいなら止めた方がいいな」

「それは同感ね」

エーファがすぐバルに賛成する。

「私もそう思う」

「私も」

イェニーとヘレナも賛成したため、カイルの気持ちは固まった。

「分かった。徴兵されるまでは頑張ってみるよ。今すぐ飛び出して、兵士にもなれなかったら悲しいもんな」

と言って吹っ切れたように白い歯を見せる。

「それがいい」

結論が出たところで、バルたちは村を出発することにした。

「じゃあな、カイル。いい兵士になれよ」

バルがそう声をかけると、カイルはふくれっ面《つら》になる。

「おじさん、そこは騎士になれって言うところだろ。嘘《うそ》でもさ」

「すまん、すまん」

彼は笑いながら謝った。

「まあいいさ。教えてくれた礼に許してやるよ」

カイルは偉そうに胸を張って言う。

子どもらしい無邪気な態度にバルたちは声を立てて笑った。

四人は少年に見送られ、帝都へと戻っていく。

第八話　宝石を集める島

帝都に戻ったバルたちはニエベに報告し、報酬を受け取って解散した。

「今日はもう休めよ」

「うん。さすがに連続して依頼を受ける余裕はないわ」

バルに苦笑して応え、少女たちは去っていく。

彼は自宅に戻る前に、今日の分の食事を購入した。

自炊が全くできないわけではないのだが、なかなか気が向かないのである。

（自炊しなくても死なない）

と言い訳をしながら今日もサボる。

夜になればまたミーナがやってくるかもしれない。

先に念話《ねんわ》で食事は買ったと伝えておこうと、銀色の懐中時計によく似た通信用の魔術具をとり出す。

「ミーナ、少しいいか？」

と呼びかけて待たされたのはほんの一秒だった。

「はい。何でしょうか？」

ミーナの声はよく聞くと少しうれしそうである。

彼から通信魔術を使って連絡することはあまりないせいだろう。

「今日も来るか？」

「はい。お邪魔でなければ」

彼女の声のトーンが不安で揺れる。

当然のような顔をして訪問しているものの、あくまでも彼が拒絶の姿勢を見せないからこそだった。

「いや、来てくれていいよ」

「ありがとうございます」

ホッとした感情がはっきりとこもった声で返事が来る。

(図太い神経をしているようで、意外と繊細《せんさい》だったりするからな)

ミーナのことを知る者のほとんどが驚愕《きょうがく》するであろうことを、バルは考えた。

「ただ、今日も晩ご飯はすでに手に入れてあるからな」

「おや、そうなのですね。私の手料理はお嫌いですか？」

彼の報告にまた彼女の声のトーンが変わる。

今度は少し悲しそうなものだった。

「嫌いじゃないが、いつも作ってもらうのは悪い気がしてな」

「私は気にしませんが」

バツが悪そうに言う彼に対して、彼女の声はちょっと拗《す》ねていた。

「そうか。じゃあ今度また頼むよ」

「はい！」

犬が大喜びで尻尾《しっぽ》を振っている姿がイメージできたくらい、うれしそうな返事が間髪入れずに飛んで来る。

「ところでバル様、本日のメニューは何でしょうか？」

「ああ。コロッケにチーズオムレツだよ」

「ではまた野菜や果物をお持ちしますね」

ミーナは明るい声で言う。

野菜や果物を持っていくという仕事があることを喜んでいるようだ。

（一回野菜と果物も買ったら、落ち込んでいたからなあ）

バルはそう苦笑する。

彼女は彼の世話を焼きたがっているようだった。

「ああ。美味《うま》いお茶も飲みたいな」

だから要望も出す。

「お任せ下さい。バル様の好みは把握しました」

と彼女は自信ありそうに言う。

「そうか。じゃあよろしく頼むよ」

「はい。頼まれました」

ミーナが上機嫌な声で返事をしたところで通信は終了する。

彼女が来る時間帯までバルはどうするのかというと、今日は何もしなかった。

二等エリアに住む冒険者というものは、そこまであくせく動き回らないものだからである。

エーファたちも今頃はのんびりしているだろう。

彼はぼんやりと過ごす。

もう少し家の用事を済ませてもよいのだが、あまりやってしまうとやってきたミーナがしょんぼりとする。

彼女がやれる仕事をわざと残しておくのだ。

そのミーナはいつもよりも少し早い時間帯にやってきた。

今日彼女が来たのはドアのすぐ付近である。

「今日はいらっしゃったのですね」

そう話しかける無表情な美貌には若干の喜色があった。

彼女と付き合いが長く、注意深く観察していなければ分からないような小さな差である。

「ああ。お前が来てくれると分かっているのに、出かけるのはどうかと思ってな」

バルは体を起こして答えた。

「そうでしたか」

ミーナはそう答えて空間から持ってきた品物を取り出す。

「食器をお借りしますね」

彼女はそう言って食卓を完成させていく。

今日の献立《こんだて》はチーズオムレツにコロッケ、トマト、キャベツ、レタス、ニンジンらが入ったサラダにリンゴだった。

「バル様のお許しが出るなら、野菜スープなどを用意いたしますが」

「スープか。スープならまあいいか？」

野菜を加熱して食べると言えば、スープが定番である。

蒸し料理なども存在しているが、バルが自分で作れるはずもなく、だからと言って二等エリアの屋台などで売っているのも珍しい。

何かの拍子に近所の住民に気づかれれば、疑問を持たれてしまう。

「はい。では今度お作りしますね」

ミーナは今ここで作るとは言わない。

彼が嫌がることを、それなりに把握しているからだ。

「このチーズオムレツ、美味いと思わないか？」

「なかなかの味で」

バルの問いに彼女はそう答える。

「コロッケも捨てたもんじゃないだろう？」

「温めればいけますね」

同じようなやりとりは何度かくり返された。

ミーナはたとえバルのお気に入りであっても、不味《まず》いものを美味《おい》しいとは言わない。

（今日の店はアタリだったな）

だから彼も満足する。

食後にミーナはハーブ茶を淹《い》れてくれた。

よい香りが鼻をくすぐり、口腔《こうこう》に広がる。

「相変わらず美味いな。また上達したか？」

「ありがとうございます。そんな簡単に上達するものではないですよ」

バルの褒め言葉にミーナは照れながら謙遜《けんそん》した。

そして彼女は彼の近況をたずねる。

「冒険者として赴《おもむ》かれていたようでしたが、いかがでしたか？」

「変わったことは何もなかったよ。せいぜい騎士志望の少年と出会ったくらいか」

そう言いながらバルは数日の出来事を話す。

「へえ、村の大浴場に。七級の依頼としては珍しいのでは？」

「そこはおかみさんが私と顔なじみだからという理由でもあったのだろうな」

彼女の疑問に彼は自分の推測を交えて答える。

「バル様は風呂がお好きでしたか？」

ミーナは何が気になっているのか、続けざまに問いを放つ。

「好きだぞ？　知らなかったのか？」

バルとしては隠しているつもりはなかったため、怪訝《けげん》そうに聞き返す形になった。

「存じませんでした」

ミーナは拗ねたような声を出す。

彼自身に隠す意図がなかったのだからと不満を押し殺そうとして、完全には押し殺せていない結果になっていた。

「そっか。言ってなかったか」

バルは意外さを隠し切れない。

「それはすまなかったな」

「い、いえ！　謝罪して頂くことではございません！」

彼が謝るとミーナは大いに慌てた。

別に彼女は謝罪して欲しかったわけではない。

ただ、少し残念だっただけなのだ。

「そうか」

彼はそう言ってふとわいた疑問を口にする。

「そう言えばエルフは我々のように風呂に入るという文化がない印象なのだが、実際はどうなんだ？」

この認識こそが、彼女に言い忘れていた理由かもしれない。

彼はそう思い、彼女にもそれは伝わった。

「確かに一般的ではありませんが、私は嫌いではありませんよ。慣れれば好む人間がいる理由も理解できるというものです」

と答えたミーナの表情は無理している気配がない。

「そうなのか。じゃあ今度一緒に温泉でも行ってみるか？」

「いいのですか」

彼の申し出に彼女はエメラルドのような瞳を輝かせる。

子犬が遊んでもらって、散歩に連れて行ってもらえて、さらにご飯ももらえたような表情に近かった。

「かまわないさ。いつ行けるかまでは約束できないが」

「はい！」

彼女は宝石数千個に勝る飛び切りの笑顔で返事をする。

話はそこで終わり、彼女は後片付けを始めた。

「手伝おうか？」

彼が立ち上がったところで彼女は制する。

「いえ、私がやります」

そう答えた声には力強い意志を感じさせた。

これはいつものことだ。

「分かった。のんびりさせてもらおう」

彼がそう答えると、彼女は満足そうに笑う。

片付けをすませたミーナは彼に向きなおる。

「明日はいつもの時間に迎えに参りますね。それとも少し早めに参りましょうか？」

「どちらでもいい」

バルは答えてから訂正した。

「いや、早めに来てくれたら一緒に朝食を食べられるな」

「よろしいのですか？」

ミーナはエメラルドのような瞳を喜びで輝かせる。

「ああ。ミーナは朝強かったか？」

「ご存じないのですね。エルフは早起きなのですよ」

彼女はそう答えてにっこり笑う。

「そうだったのか。じゃあ頼もう」

バルが言うと彼女はうなずいて可愛《かわい》らしく小首をかしげる。

彼しかいない時にしか見せない仕草だ。

「朝食はいかがいたしましょう？　何か買っていらっしゃいましたか？」

「まだ用意していない。明日起きてから決めようと思っていたんだ」

バルは苦笑する。

彼女に聞かれてみて、自分の行き当たりばったりぶりがよく分かったからだ。

「それでしたら何か持って参りましょうか？」

「うーん……それはちょっと悪いしな」

今さらと言えば今さらかもしれないが、彼としては譲りたくない。

「そうですか。ではどうしましょう？」

ミーナはそう言ったものの、急《せ》かすつもりはなくのんびりと彼の決断を待つ。

少し経ってからバルは口を開く。

「ミーナさえよければどこか食べに行かないか？　二等エリアで」

「それはかまいませんが」

ミーナは答える。

彼女としては彼と一緒だという事実が重要だった。

それでも気になる点はあったので尋ねる。

「私がこのままお供するのはまずいですよね？」

八神輝《レーヴァテイン》ヴィルヘミーナは強くて美しい女性エルフとして有名だ。

彼女が普通に歩けば、すぐに気づかれてしまうだろう。

「そうだな。お前と歩くなら、幻術が必須になる。だからよければと言ったんだ」

「分かりました。使います」

バルに理由を聞かされた彼女は即座に決める。

誰かが聞いていればあまりの速さに唖然《あぜん》としただろう。

しかし、彼しか聞いておらず、慣れっこになっているため、いつものことだと受け止める。

「では明日はよろしく頼む」

「こちらこそ」

ミーナはそう答えて帰っていった。

布団を出すのは彼自身の仕事である。

彼女はそれもやろうとしたのだが、さすがに止めたのだった。

翌朝バルが目覚めて布団を片付け、懐中時計を見てみると七時半を示している。

普段よりもやや早かった。

(ミーナに起こしてもらうのは、少し恥ずかしいからな)

と思う。

そういう意識があったからこそ、目覚めたのだろう。

外に出て顔を洗ったところで、空間がわずかに揺らいだのを感じる。

（ミーナの転移魔術だな）

バルはそう直感した。

髪の毛一、二本分程度の揺らぎしか感じさせない技術の高さこそが彼女の証だ。

このような時間帯に彼の自宅に転移してくる者は、彼女くらいしかいないという以外の根拠である。

彼が家の中に戻ると、案の定ミーナの姿が見られた。

「おはようございます、バル様」

「おはよう。やっぱり来ていたか」

彼が転移に気づいたことに、彼女は驚きを見せない。

「はい。起こせなくて残念です」

彼女はいたずらっぽく笑う。

「さすがにこの年になって起こしてもらうのはな」

「がっかりですね」

バルの言葉にミーナはそう言ったが笑っている。

本気で言っているわけではないのは一目瞭然だった。

「朝食はどこに食べに行くのですか？」

ミーナは笑みを引っ込めて問いかける。

「どこにするかまだ決めていないな」

バルは正直に答えた。

「と言うのも、二等エリアでは朝食を提供するモーニングサービスがある店は、そんなに珍しくはないいんだ」

「一等エリアとは大違いなのですね」

ミーナは感心する。

彼女が言うように、一等エリアは朝から営業している店はない。

早い店でも午前十一時からの開店である。

客層が違う以上は当然のことなのだろう。

「何か食べたいものはあるか？」

「特には思いつきませんね」

彼の問いにミーナは答える。

「好き嫌いがないのは分かるが、ここでその答えは困るな。たまにはお前の希望を聞きたいんだから」

バルは苦笑する。

「申し訳ありません」

ミーナはハッとした表情を浮かべ、彼に頭を下げた。

「果物が充実しているお店はご存じでしょうか？」

素早く考えたらしく、そのようなことを聞いてくる。

「充実しているかはともかく、リンゴ、バナナ、イチゴ、ミカンを扱っている店なら心当たりがあるな。問題はその店はモーニングサービスをやっていないことだ」

バルはそう言ってから、彼女に提案した。

「そうでしたか。二等エリアは便利なのか不自由なのか、分かりづらいですね」

彼女は特に残念ではなさそうな顔である。

「モーニングをやっていて果物が一番多い店でもいいか？」

「はい、けっこうです」

ミーナはこくりとうなずく。

彼のために頑張って希望をひねり出しただけで、元々そこまでこだわりはなかったのだろう。

ミーナが幻術を発動させたところで二人は外に出て、バルがドアにカギをかける。

「盗《と》られて困るものはないんだけどな」

と彼は言ったがこれは事実だった。

貴重品は【最上級収納袋】に入れて持ち運べるため、家に置く必要がないのである。

「質素な暮らしをなさっていますものね」

平凡な若い女性の外見となったミーナがそう答えた。

「けっこう楽しいぞ」

「楽しそうで何よりです」

バルとしては彼女にも勧めてみたいのだが、彼女は理解は示しても自分でやってみるつもりはないらしい。

彼としても無理強《むりじ》いするつもりはなかった。

このような生活は自分の意志でやってこそ楽しいのだから。

彼らは二等エリアの街道をぶらりと歩く。

左右に分かれた建物は、石造りの古風で頑丈そうなものが多い。

気軽に新しく建てたり、改装したりできる資金がある住民が珍しいせいだろう。

彼らがやってきたのは『宝石を集める鳥』という赤い看板を出している店だった。

青い屋根にクリーム色の外装は特に目立つものではない。

だが、二等エリアでは個性的な外装の店もまたほとんどないのだ。

バルがドアを開けるとチリンチリンとベルが鳴る。

「いらっしゃいませ。おや、バルさん」

出迎えたのは三十代後半の茶色い髪を持った人間族の男性で、この店の主人だ。

彼が青い瞳を丸くしたのは、バルの後ろに女性がいたせいである。

「あなたが若い女性を連れてきたのは初めてじゃないかな」

「そうだね」

主人の言葉にバルは苦笑しながら答えた。

二等エリアで暮らすただのバルは基本的に女っ気がない。

基本的にと言うのはエーファらのように、女性冒険者と親しくなる場合もあるからだ。

彼がその気になればミーナは付き合ってくれそうだが、彼はそれを望んだことがない。

『宝石を集める鳥』の店内はカウンター席が六つ、四人がけのテーブルが三つという広さである。

カウンター席に三人、テーブル席には一組の客がすでに座っていた。

「テーブル席に座ってくれ」

「うん。マスター、今日は一人なのかい？」

誘導された席に向かいながらバルが話しかける。

『宝石を集める鳥』はマスターと彼の妻の二人で経営されている店のはずだが、その妻の姿が店内には見られない。

「ああ。風邪《かぜ》を引いたみたいでね。お客さんにうつしてもまずいし、自宅で寝かせているのさ」

マスターはやむなしと肩をすくめる。

「そりゃ大変だな。お大事に」

バルとしてはそう答えるほかなかった。

「どうも。メニューはいるよな？」

マスターはちらりとミーナの方を見る。

バル一人だけであれば出さなかったのだろうが、彼女がいてはそういうわけにもいかない。

「出してくれないと困るよ」

バルは笑う。

常連客ならではの気安さだった。

「了解」

マスターは苦笑し、すぐにメニューを持って戻ってくる。

安い獣皮紙《じゅうひし》になかなか上手な字で記された一覧を、ミーナは興味深そうにながめた。

「野菜サラダにスープ、リンゴパイ、リンゴ茶、ミカンジュースですか」

「お嬢さんは野菜や果物に関心があるのかい？」

彼女が口にした内容を聞いていたマスターが尋ねる。

「ええ、まあ」

彼女の返事は素っ気なかったが、彼は気にした様子を見せない。

「うちの店じゃ野菜サンドは出せないけど、野菜スープやサラダ、パイ、飲み物は頑張っているよ」

「そのようですね」

マスターの営業努力を彼女は認める。

「野菜スープ、リンゴパイ、黒パン、ミカンジュースをお願いします」

「毎度あり。バルさんはどうする？　いつものでいいかい？」

「ああ。いつものを一つ」

「分かった。待っててくれ」

マスターがメニューを持って引っ込むと、ミーナはちょっと拗ねた顔で言う。

「いつものという頼み方があるとは存じませんでした」

「そう言えばそうなのか」

バルはうっかりしていたと瞬《まばた》きをする。

ミーナはあまり飲食店に行かない。

行くとしても豪華で品数の多いコースを食わせる一等エリアの店ばかりだ。

顔を見せれば通してくれるなんてことはないし、そもそも予約しないといけないところも多い。

ましてや「いつもの」という注文ができる店などなかった。

「まあいい経験になったと思ってくれ」

「はい」

彼がそう言うと彼女は素直にうなずく。

彼女は店内を見回す。

「バル様が好きそうな雰囲気ですね」

と言う。

素朴で地味でこぢんまりとしていることを、あたりさわりのない言い方をすればこうなるのだ。

「そうだろう？」

バルは褒められたと喜ぶ。

彼女はいい回答をできたと満足する。

二人のそのような関係をマスターは奇妙に思ったものの、直接的に言葉にするほど野暮でも無謀でもなかった。

「はいよ。スープだよ」

ミーナとバルのところに大きな木の椀《わん》に入ったスープが並べられる。

中身は小さなニンジンとキャベツが少しだ。

次に黒いパンが持って来られる。

「バルさんはこれで終わりだな。お嬢さんはもう少し待ってくれ」

マスターがそう言って下がると、ミーナは口を開く。

「これだけですか？」

朝は食べない主義ではないはずだ。

彼女の瞳はそう言っている。

「まあな。外食だとあまり食べられないな」

バルはそう言って恥ずかしそうに笑う。

言外に「そういうことにしてある」と言っていて、ミーナは理解する。

「なるほど」

小さくうなずいて受け入れた。

「あ、先に召し上がって下さい」

ミーナは待っているバルにそう言ったが、彼は首を横に振る。

「せっかくだから一緒に食べようよ」

「……分かりました」

答える彼女は頬《ほお》がゆるむのを懸命にこらえていた。

最後にパイとジュースを持ってきたマスターがしみじみと言う。

「それにしてもバルさんがマヤちゃんやニエベちゃん以外の女を連れて来るとはなあ」

「おいマスター」

バルが不本意そうな声を出すと、彼は慌てて口を押さえる。

「じゃあごゆっくり」

そしてそそくさと逃げ出した。

「まったく」

　バルが舌打ちをしてミーナを見ると、彼女は考え込んでいた。

「ニエべはたしか冒険者ギルドの二等エリア支部の受付の名前ですね」

「よく知っているな」

　彼は呆《あき》れたが彼女は真剣な顔で尋ねてくる。

「マヤとはどなたでしょう？」

「『そよ風亭』という店の看板娘だよ」

「ああ。あそこですか」

　彼の問いにミーナはうなずいた。

　店の名前自体は知っていたらしい。

「その子たちとは食事はしないのですか？」

　ミーナの問いに他意はなかった。

　少なくとも表面上は。

「したことはないな。誘っても応じてくれるか分からないしな」

「誘ってみればよいではありませんか」

　バルの言葉に対して、彼女はいたずらっぽい目をする。

どうやらからかう気らしい。

バルと二人きりの時は、彼女もなかなかの茶目《ちゃめ》っ気《け》を見せるのだ。

「こいつめ」

彼が笑いながら拳《こぶし》を握ってみせると、彼女は頭を庇《かば》う仕草をする。

ここまでが彼らなりのじゃれあいだった。

とても帝国の最大戦力たちの会話には見えない。

食事を終えたところでマスターに勘定を頼む。

「二人で千トゥーラだよ」

「大銅貨なんてないから中銅貨でいいかい？」

バルの確認に彼はうなずく。

二等エリアの住民が大銅貨の持ち合わせがないというのは、何も珍しくはない。

「じゃあ中銅貨二枚」

「ちょうどだな。毎度あり」

マスターに見送られて二人は店外へ出る。

「けっこう安いのですね」

とミーナは言う。

彼女が何と比べているのか分かったバルは笑った。

「一等エリアよりはな。あそこは飲み物だけで千トゥーラ以上するものな」

「ええ、そうですね」

ミーナはそう言って魔術を発動させる。

周囲の注意が彼らからズレていくものだ。

おかげで彼らが転移魔術を使って姿を消しても、誰も疑問を抱かなかった。

第九話　方針

バルにとっては二回連続で出席となる定例会議だった。

今日も彼とミーナが最後である。

「いつも早いなお前たち」

バルは感心した。

「お前がのんびりしすぎなのだよ。まあ来るだけでもマシか」

と言い返したクロードの表情には疲れが見られる。

苦労人気質《かたぎ》の彼はだいたい眉間《みけん》にしわを寄せているか、今のように疲れたような顔をしている場合が多い。

「私は何もないなら来たくないというだけだぞ」

バルは悪びれずに肩をすくめる。

「何もなくてもたまには来てもらいたいものだ」

クロードは諫《いさ》めると言うよりはぼやいているようだった。

彼がいないとミーナは協力的な態度にならない。

だからこそ彼は困るのだ。

「陛下の命令があればそうするさ」

一方でバルはそう言い返す。

彼に特権を与えている張本人は皇帝である。

そして皇帝が彼の特権を取り上げるとは、クロードには思えない。

「陛下の寵愛《ちょうあい》を笠《かさ》に着ていると見られるのは、お前にとっても不本意だろう？」

だから攻め方を変えてみることにする。

バル自身のプライドをくすぐるという方法だ。

「いや、別に」

ところが彼は堂々と答える。

クロードが一瞬詰まったところでミーナが会話に加わった。

「虫が遠くでどう鳴こうと、私やバル様が気になるはずがないだろう？」

もちろんバル寄りの発言である。

「それともクロードは害虫にも好かれたいのか？」

相変わらず彼以外に対して容赦ない言い回しに、クロードは顔をしかめた。

「益虫には嫌われたくないと思うのだが、お前たちは違うのだな」

「益虫に好かれないと困るのか。大変だな」

彼の皮肉に返ってきたのは、憐憫《れんびん》である。

クロードが絶句してしまい、場の空気が重くなったところで皇帝が入ってきた。

(意外とわざとだったりしてな)

とバルは思う。

皇帝の性格を考えるとありえそうな話だった。

「集まってくれて感謝する」

「拝礼」をする七名に対して皇帝はそう声をかける。

「さっそくだが、前回の続きといこう。集めた情報はどうか？」

「北のある地域にて、ゴブリンの群れが突然発生したという話を聞きました。ゴブリンは七級ですしどこにでも出現する魔物ですが、現れるのに予兆がないというのは不自然だと思います」

とクロードが最初に報告した。

「海の魔物もクラーケンのような大物が前触れなく出るのは、変だと思いますわ」

そう報告したのはシドーニエという女性である。

「ロック鳥も生息するはずがない草原にて見かけたそうです」

マヌエルもそう言う。

他の報告も聞いた皇帝は深刻そうな顔で聞き入っていた。

「なるほど。不自然な状況があちらこちらで起こっているわけだな。そしてその原因となりそうなものはどうだった？　何か見つけたか？」

「いいえ。それが何も」

クロードは困惑して答える。

「クラーケンは四級、ロック鳥は五級相当ですね。今のところ四級以下の魔物しか出ていないと言えますが」

マヌエルは苦々しい表情で話した。

「数は五十、百、二百と増えていますね」

クロードが言う。

「手がかりがない、そして敵の準備は着々と進んでいるということか」

皇帝はそう言って、ミーナを見る。

「ヴィルヘミーナよ。最も魔術に精通したそなたはどう思う？」

「確かに手がかりらしい手がかりはない。だが、だからこそ手がかりとなる」

彼女はもったいぶった言い方をした。

「ミーナ、分かりやすく説明してくれ」

バルが困った顔で頼むと、彼女は彼に頭を下げる。

「失礼しました」

第三者から見れば白々しく見えるやりとりだった。

「うむ。頼むぞ、ヴィルヘミーナ」

しかし皇帝が少しも気にしていないため、彼らとしても黙るしかない。

「ここまで痕跡がない場合、最初に考えられるのは転移魔術の応用、転送魔術だな。普通に考えればこれの可能性が非常に高い」

「転送魔術？」

皇帝が聞き返す。

八神輝《レーヴァテイン》にとっても馴染《なじ》みがない言葉だった。

「そうだ。生息している魔物を他の地点に飛ばす、あるいは召喚した魔物を飛ばす。その飛ばす先が帝国全土だと考えればいい」

「そういう魔術があるのだな」

皇帝はそううなずき、質問を発する。

「そして転送魔術とやらはどれくらいの難易度なのだ？」

「そうだな。簡単に言うと私でも至難の業《わざ》だ。私や魔術長官に感知されずに、魔物の大群を各地に送り込むとなると、神の御業《みわざ》と言うしかないな」

ミーナが自信たっぷりに言い切ったおかげで場がシンと静まり返った。

彼女こそ帝国最強の魔術師であり、彼女でも無理だと言うならば帝国の誰だって不可能になる。

それほど敵は強大かもしれないと思えば、怖いもの知らずの八神輝《レーヴァテイン》だって感じるものはあった。

「神の御業か……それだったらゴブリンじゃなくてもっと強い魔物を送ってくるんじゃないか？」

ただ一人動揺しなかったバルが彼女に問いかける。

「同感です。そのため、私は敵が使っているのは【闇の召喚魔術】ではないかと考えております」

「【闇の召喚魔術】？　何だそれは？　通常の召喚魔術とは違うのか？」

皇帝が首をひねった。

八神輝《レーヴァテイン》たちも聞いたことがないという顔つきである。

「便宜上《べんぎじょう》そう呼ばれている。通常の召喚魔術と言えば精霊を連想すると思う」

「ああ。そうだな」

一同がうなずいたところでミーナは説明を続けた。

「【闇の召喚魔術】は魔物を召喚する術式だ。使役することはなく呼び出すだけなら、一連の騒動のように数を多くできる」

「怪しい奴らを見たという情報がないのは、召喚しただけで制御はしてないということなのか？」

皇帝の質問にミーナはうなずいた。

「それだと目撃者がいない理由も説明できる。認識阻害系の魔術具を持っていればいいだけなのだからな」

「なるほどな」

彼は納得して独《ひと》り言《ごと》をつぶやく。

「認識阻害の魔術具を持っていれば、普通の者では気づけない。魔物を召喚した上で制御していれば不自然さは生じるだろうが、一切制御しなければそれも防げるのだろうな。悪《あく》辣《らつ》な奴らめ」

悔しそうに敵を罵《ののし》った。

マヌエルが納得していない顔で疑問を口にする。

「召喚魔術は召喚魔術なんだろう？　一切の媒介《ばいかい》が残っていないのは不自然じゃないのか？」

「媒介と言っても色々ある。たとえば香《こう》だな。香ならば時間がたてば消えてしまう」

「あっ」

と声を上げたのはシドーニエだった。

彼女は魔術の知識をある程度持っているため、ミーナの説明に納得できたのである。

「他にも単純に魔力を媒介にするという手もある。要するに痕跡を残さない手段自体は存在しているということだ」

「今まで黙っていたのは、他の可能性は低いと断言するためでいいんだな？」

とバルがミーナに聞く。

「はい。その通りです。私でも調べてみて、他の者の情報と合わせた結果、ほぼ間違いないと確信に至りました」

「そうか。ところで証拠はあるのか？」

皇帝がわずかに身を乗り出して彼女に尋ねた。

彼にとっては重要な点だったのだろう。

「残念ながらない」

しかし、彼女ははっきりと言い切る。

「ないのか」

皇帝はがっくりと肩を落とし、クロードが胡乱《うろん》な顔になった。

「証拠もない割にずいぶんと自信がありそうだな」

「【闇の召喚魔術】の長所の一つが証拠を残しにくいことだ」

彼の皮肉にも動じずミーナは言い返す。

「そして私の予想が外れている場合、私を含めた帝国の魔術師全員でもできるか分からない芸当を、行っている敵がいることになるぞ？」

「そ、それは」

クロードは目に見えてうろたえた。

ミーナは帝国最強の魔術師であり、他にも帝国が自慢する一流の魔術師たちは何人もいる。

その彼らが全員でも実現できないことをやっていると言われると、帝国にとっては絶望的な展開だ。

そのようなことができる存在など、彼らは見たことも聞いたこともない。

だからこその動揺だった。

強力な敵を想像できていれば動揺したりしないだろう。

「しかしミーナ」

バルがクロードを助けるような形で口を挟む。

「絶対にありえないと断言はできないのだろう？」

「御意」

彼に確認されてミーナは神妙な顔になる。

「新しい術式もしくは魔術具を開発し、今試しているという展開は十分ありえるでしょう」

「そんなことは認められん」

彼女の予想を聞いていた皇帝が、大きな声ではっきりと告げた。

「友好国が新しい技術や道具を開発したなら、喜んでもいい。だが、わが国の領内に魔物を送り込む実験をするような輩《やから》が、わが国に対して友好的であるはずがない」

怒りに満ちた声には賛同が続く。

「宣戦布告されるのは時間の問題でしょうな」

クロードが言えば、マヌエルが獰猛《どうもう》な笑みを浮かべる。

「敵の正体さえ分かれば、こっちから宣戦布告するって手もあるぜ」

「異議なし。叩《たた》き潰《つぶ》してやろう」

さらにそう言う男もいる。

彼らに同調しなかったのは三名だけだ。

「とりあえず怒ったら負けだと思います」

バルは穏やかに言った。

「敵の正体がまだ分かっていないではないか。【発火装置】か、お前たち？」

と言ったのはミーナである。

【発火装置】とは一瞬で発火させる魔術具であり、転じてすぐに怒り出す短気な性格の者を揶揄《やゆ》する場合に使われる。

「こちらを怒らせる挑発としては成功したと言えますわね。単細胞さんたちが多いみたいですから」

皮肉っぽい言い方をしたのはシドーニエだ。

「二人とも、言いすぎだぞ」

二人をたしなめたものの、否定はしなかったのがバルである。

彼の口ぶりや態度から、皇帝は彼が女性たち寄りだと気づく。

「何だ、バルトロメウス。そなたはどう考える？」

バルはわざとゆっくりとした口調で応える。

「敵に挑発する意図があるのかまでは分かりませんが、大がかりな準備をしていることだけは確かです。もちろん、帝国に悪意を持って」

「だから？」

皇帝は目を閉じ何かを考えながら、続きを促《うなが》す。

「八神輝《レーヴァテイン》なら勝てるという考えは危険だと思います。なぜなら、我々には守るべきものが多すぎます」

皇帝とミーナとシドーニエはうなずき、八神輝《レーヴァテイン》の五名はハッとなる。

「余《よ》が、そなたらが守るべきは帝国の民。そして領土である。それが本分ということだな」

「御意」

皇帝の言葉にバルは短く答えた。

「守るべきものについて失念してしまっては、本末転倒もよいところだ」

「……申し訳ありません」

クロードが謝る。

怒りによって冷静な判断を失っていたことを彼は恥じた。

他の四名は発言こそしなかったものの、似たような表情である。

「そうなるともうしばらく攻撃には出られねえな」

マヌエルが忌々《いまいま》しそうに吐き捨てた。

背もたれにぶつけるように体を預けたため、椅子《いす》が軋《きし》む。

「今は我慢の時ということか」

クロードが複雑そうに言う。

待つことの重要性を分からない愚か者はこの中にいない。

しかし、激情を抑え込むために労力を割く必要があるのも確かだった。

「待つのはいいとして、どこでどのように待てばいいんですの？　受け方を間違えたら、被害が出てしまうのではなくて？」

シドーニエが上品に小首をかしげ、不安を提示する。

「問題はそこだな」

皇帝は渋い顔をした。

「敵の狙いも正体も分からない以上、残念ながら全てを守り切ることは不可能だろう。だが、それでもできるだけ多くを守りたい」

「前置きはいい。本題を話せ」

ミーナが冷たい声で言う。

彼女の皇帝に対する態度に、何名かが不快そうに表情をゆがめる。

「そうだな」

だが、臣下にあるまじき態度を取り続けられても、皇帝は怒らなかった。

「あえて敵に先手を取らせる。そして敵が我々をあなどり、深入りをしてくるのを待つ」

「……それだと被害は出てしまうと思いますが」

「分かっている！」

クロードの遠慮がちな指摘に、皇帝は感情をむき出しにする。

「できれば一人の犠牲《ぎせい》も出したくはない。しかし、現状ではそれは望めぬ。ならば余ができる事は犠牲を無駄にせぬ事だ！　犠牲と引き換えに敵の情報を掴《つか》み、撃破する事だ！」

最高権力者は血を吐くように叫ぶ。

大国の君主とは思えぬほど民に優しく、甘い男の叫びを八神輝《レーヴァテイン》たちはそれぞれの表情で受けとめた。

やや落ち着きを取り戻した皇帝は、バルとミーナを見ながら問いかける。

「バルトロメウス、ヴィルヘミーナ。そなたらはどう思う？」

「悔しいですが、代案は思いつきませんね。敵らしき者がどこに来るのか、見張って一人一人確認するというのは、あまりにも非現実的ですから」

バルは悔しそうに話す。

帝国領は広大で、領内にいる全ての種族を調べるためには果てしない時間と人手が必要となるだろう。

「とりあえず通信用魔術具の量産は急いだ方がいいと思う」

ミーナはそう言うだけだった。

「そうだな。魔術省に指示を出そう」

皇帝はうなずく。

「誰をどこに送るかはもうお決めになっているのですか？」

クロードが彼に尋ねた。

「まだだ。それに一連の事件は陽動で、本命は帝都という可能性も多少はあるはずだ。だから誰かを残すべきだろう」

皇帝が言うとクロードが笑う。

「元より帝都はからにできないでしょう」

「そう言ってもらえると気が楽になる」

皇帝はホッとする。

帝都は彼のお膝元《ひざもと》であり、戦力を残しすぎると不満になりやすい。

「誰を残すべきかだが……」

「よければ帝都には私が残りましょうか？」

バルはそう申し出ると、皇帝はたちまち安心する。

「そうだな。バルトロメウスが残ってくれるなら、他の者を安心して外に出せるな」

八神輝《レーヴァテイン》最強、つまり帝国最強の男だ。

十万の精鋭がいるよりも心強いと皇帝は思う。

「楽をするなよ、バルトロメウス」

マヌエルが呆《あき》れたように言ったが、ミーナが反論する。

「バルトロメウス様のお力で他七名が任務に専念できる、とても素晴らしい案だと思うのだが？」

「その通りだ」

皇帝がすぐに賛成したため、不穏な空気が生まれずにすむ。

「できれば転移魔術の使い手を借りたいのですが。念のために」

バルの申し出に皇帝はうなずいた。

「分かっておる。そなたの素顔を知る者をつけよう。誰がいたかな？」

「魔術長官に将軍、宰相、皇太子殿下、各省の長官あたりですね」

「……それ以外に一人もいないのか」

彼の回答に皇帝はうなる。

「いい加減に転移魔術の一つくらい覚えろよ、お前。大して難しいものじゃないだろ」

と言ったのはマヌエルだった。

彼にとって、というより八神輝《レーヴァテイン》になれる者にとって転移魔術はそこまで難しいものではない。

だが、異能に特化したバルにとっては難しい問題だった。

「誰にでも得手不得手はあるものだ」

ミーナがマヌエルを睨《にら》みながら言う。

「その通りだな」

皇帝は疲れたように言って場をおさめた。

「通信魔術具と転移魔術具を貸し出そう。その方がバルトロメウスにとって都合はよいだろう?」

「ありがとうございます」

バルは礼を述べる。

できるだけ素顔を知られたくないというワガママを聞いてもらっているのだから、当然のことだ。

「さて、では誰がどこに行くのか、決めておきたい」

皇帝はそう言う。

「狙われるとしたらやはり大都市ではないでしょうか？」

クロードが自分の意見を口にする。

大都市を魔物が襲えば、相当な被害が出てしまう。

帝国を敵視する存在がいれば、最初に考えることだと彼は思うのだ。

「普通はそうかもしれぬが、余は違うと思う。何故《なぜ》ならば敵は実験のようなものをしている気がするからだ」

彼は一度言葉を区切り、用意されている金のグラスに入った水を飲む。

「ならば大都市はあえて避けるのではないかと考える。実験が成功しさえすればいいのだからな。それに大都市は一級冒険者も滞在している。被害を出すことを優先的に考えるのであれば、実は狙われにくい可能性があるのではないかな」

皇帝の考えに一同はなるほどと感じる。

「一級冒険者を倒せるほどの魔物を用意できるなら別だな」

と言ったのはミーナだった。

「うむ、もちろんだ」

皇帝は彼女の指摘を受け入れる。

「だが、ヴィルヘミーナよ。現時点でその可能性は低いのではないか？　そなたはどう思うのか？」

「確かに可能性は低い。だが、楽観はしない方がいいぞ」

ミーナは冷静な態度で返事をした。

「というと？」

皇帝の疑問にも彼女はきちんと答える。

「雑魚を使って実験をしているだけで、終了次第強力な魔物を呼ぶ場合がある。【闇の召喚魔術】は理論上、【魔界の民】すら呼び出せるという」

「【魔界の民】だとっ？」

八神輝《レーヴァテイン》たちの間で動揺が生まれた。

彼らを代表するようにバルがミーナに問いかける。

「【魔界の民】と言うと、神話や伝承に出てくるあの【魔界の民】か？」

「はい。かつて地上に攻め込んできて、世界全土を巻き込んだ大戦を起こしたという言い伝えもあるあの【魔界の民】です」

　彼女はきっぱりと言った。

【魔界の民】は魔界に住む存在の総称である。

生前悪事を働いた罪人、彼らに苦しみを与える鬼、天界から追放された悪魔たちなどが住むという。

彼らは天界と地上を憎み、地上を制圧し神々に復讐《ふくしゅう》することを望んでいるとされていた。

「もしも本当に【魔界の民】を召喚できるとすれば、恐ろしいことになる」

バルが言うとクロードがうなずく。

「ああ。わが帝国だけの問題ではすまなくなる。大陸中の、下手をすれば全世界の問題となるかもしれない」

「敵さんを捕まえてぶちのめせばいいだけだが」

バルが好戦的で前向きなことを言った。

「その通りだな」

皇帝も続く。

「人の手で召喚ができる程度の【魔界の民】とやらがどれくらいなのか、興味はありますね」

ミーナも高慢な発言をしたが、今度は反感を買わなかった。

暗かった雰囲気はいつの間にか消えている。

(頼もしいかぎりだ)

と皇帝は思う。

彼が【魔界の民】と聞いても怯《おび》えずにいられるのは、八神輝《レーヴァテイン》がいれば何とかなると信じているからだ。

ある意味とても恵まれているとさえ考えられる。

「話を配置の件に戻そう」

皇帝はそう言った。

「クロードはインゲルフィン州、シドーニエはマリエンベルク州、ヴィルヘミーナはポンメルン州……以上でどうだろうか？」

反対の声はなかったため、決定となる。

「ヴェストハーレン州やシュレージエン州は、何かあったとしても駆けつける必要はなさそうですな」

とクロードが言うと、理由を察した何名かが笑う。

この二つの州には笑った面子《メンツ》が信頼している戦力がいるのだった。

「ただ敵を倒すだけではなく、できるだけ多くの情報を持って帰ってもらいたい。どんな小さなことでもかまわない」

「敵の正体すら分かっていませんからな」

クロードは皇帝の言葉にうなずく。

「我が国は大陸最強。弱体化を望む者はいくらでもいるだろうさ」

マヌエルがいまいましそうに吐き捨てる。

「そうだな。マヌエルの言う通りだろう」

バルはおだやかに同意した。

「そのつもりでいてくれ」

という言葉がしめくくりとなって、今日の集まりは解散となった。

バルはいつものようにミーナに転移魔術で自宅に送ってもらう。

「ミーナはポンメルン州か……エルフの国に近い場所だな」

「皇帝なりの配慮でしょうか？」

「恐らくな」

ミーナの疑問に彼は短く答える。

「情報収集もよろしく頼むな」

「はい、努力いたします」

ミーナは力強く言う。

閑話　闇の手

ある大陸のある国のある場所にて、黒ずくめの怪しい集団がいた。

「途中経過はどうだ？」

集団の中心人物らしき男の声が尋ねる。

「今のところ順調です。全ての召喚魔術は成功。捕まった術者は一人もおりません」

「そうか。噂《うわさ》のリヒト帝国とやらも大したことはないな」

中心人物らしき男は笑って勝ち誇った。

「大陸最強と言ってもしょせんは僻地《へきち》の大陸最強というわけですな」

部下らしき男が笑う。

「何、しょせん奴らは人間やエルフといった地上生命体だ。魔界の知識、技術、秘法を得た我らと比べるのは気の毒というものです」

別の男が得意そうに言った。

「それにしても凄《すさ》まじいものだな。【闇の召喚魔術】とは。一度成功しただけで我らの戦力が飛躍的に向上するとは」

「全ては《紫眼導師《しがんどうし》》の手柄ですな」

「うむ」

中心人物は重々しく答える。

彼らの幹部の一人《紫眼導師》がある魔術を成功させたことで、彼らは転機を迎えた。

それまでは彼ら『闇の手』は辺境の国に存在する、一弱小組織でしかなかった。

それが一気に大陸で知らぬ者がいないほどの強大な組織へ躍進したのである。

「いえいえ、皆さまの助力があってこその成功です」

と言ったのは紫色の瞳を持った若くて美しい女性だった。

彼女こそが《紫眼導師》である。

「《紫眼導師》は謙虚だな。何か願いはないのか？」

中心人物らしき男が聞くと、彼女は微笑む。

「では総裁。我らの悲願がかなったその時は、私を副総裁にして下さい」

「ふふ。そうしてやりたいが、約束はできないな」

総裁と呼ばれた男は機嫌よさそうに笑う。

「何故ならば、他の奴らもお前ほどの手柄を立てる可能性はあるからだ。まあ逆転は難しいと思うがな」

「そうですな。【魔界の民】の召喚に成功した彼女の功績は絶大です。欲を言えば、もう少し大物を召喚できていれば文句なしだったのですが」

とある男が言う。

総裁がそれを笑い飛ばす。

「ははは。そんな芸当ができていれば、《紫眼導師》がこの組織の総裁になっておるわ！」

「それはそうですね」

一同は笑いあう。

以前はこのように明るく上下関係がゆるい組織ではなかった。

このような風潮に変わったのは、組織が強大になり自分たちの成功を具体的に思い描くことができるようになったからだ。

いわば余裕の表れなのである。

それをもたらしたのが《紫眼導師》だった。

彼女が欲を見せないのは、その必要がないからだと多くの構成員が思っている。

彼女が召喚した【魔界の民】は彼らに転移魔術、召喚魔術、鍛冶技術などを教えてくれた。

もちろん無償ではない。

【魔界の民】は地上の生命を憎んでいる。

彼らが地上の民に協力したのは、魔界の勢力が地上へ侵攻するための足掛かりを欲しているからだ。

『闇の手』のように地上の現状に不満を持ち、魔界勢力を崇《あが》める魔界崇拝《すうはい》者であればこそ、手を取り合うことができたのである。

「浮かれすぎじゃないか？」

と不満げなことを言ったのは、青い皮膚に黒い一本の角《つの》、灰色の瞳という地上ではまず見ない異形だ。

彼こそが《紫眼導師》が召喚した【魔界の民】である。

「ゲレールター様」

総裁が恐縮した声を出す。

「まだ将軍閣下はもちろん、軍団長クラスすら召喚できない段階じゃないか」

「も、申し訳ありません」

人間たちは一気に委縮してしまう。

ゲレールターはこの中で最も立場が上だった。

彼らが崇拝する【魔界の民】ということもあるし、様々な知識を与えた存在でもある。

そしてそもそも一角鬼自体、並みの人間よりもずっと強い。

「教えたはずだろう？　魔界の軍勢を統括していらっしゃる八元帥を地上にお招きするのが当面の目標であり、お前たちに教えた召喚魔術はそのための第一歩だと」

「は、はい。心得ております」

人間たちは必死にうなずく。

「軍団長クラス以上は【神々の結界】のせいで、地上の生命に召喚されないと顕現することができない。そして【神々の結界】は私の力では破壊できない。最低でも元帥クラスの力が必要になる」

「ぎょ、御意」

総帥はそう言った後、遠慮がちに発言する。

「その件ですが、一つ【神々の結界】を構成していると思わしき拠点を発見いたしました」

「何だって？　それは本当かい？」

ゲレールターは灰色の目を暗く輝かせた。

「は、念のため、ゲレールター様に確認して頂きたく存じますが」

「もちろんだ。来たるべき時に備えて、【神々の結界】のポイントを把握しておくことは必要だ。我らが神と我らが王をお招きするためにも」

一角鬼は興奮しているが、機嫌はかなりよさそうである。

『闇の手』の構成員たちはほっと胸をなで下ろした。

ゲレールターは暴君ではないが、自分たちより遥《はる》かに強い存在が不機嫌であるというのは、精神的に苦痛である。

避けられるのであれば避けるに越したことはない。

「では私はそのポイントを見に行こう。君たちは次の段階へ作戦を進めてほしい」

「はい。東方大陸にいる部下たちに指令を出します」

「東方大陸最強という帝国とやらにダメージを与えられたら上出来だが、固執することはない。君たちが魔術を成熟させる方を優先させるように」

ゲレールターはそう指示を出す。

「かしこまりました。部下たちには無理をせぬよう、念を押しておきます」

総裁の返事に一角鬼は満足そうにうなずく。

第十話　冒険者チーム『鋼鉄の意思』

バルは表向き何も知らない顔をして、冒険者として仕事をこなす。

帝都の外に出るような依頼は問題かもしれないが、冒険者の仕事は何もそればかりではない。

「冒険者と言うよりは何でも屋だな」

バルが苦笑すると受付嬢のニエベが笑う。

「最初は雑用ギルドという名前になる予定だったけど、それじゃ夢がないという理由で今の名前になったそうですよ」

彼女の話は彼も知っていることだ。

(しかし、この子がどこから聞いたのか気になるな)

噂話《うわさばなし》だったら噂話だとちゃんと言うのが、ニエベという女性である。

その彼女の口ぶりから察すると、冒険者ギルド創設期を知っている誰かから聞かされた可能性は高い。

「へえ、誰がそんなことを言っていたんだい？」

「ギルド総長です」

彼女は笑顔で言う。

何でもない話だと彼女は思っているからだろう。

しかし、バルとしてはがっくりと肩を落としたくなる。

(イェレミニアスめ、そういう情報を受付嬢に話すなよ)

と心の中で知己《ちき》に呆《あき》れた。

確かに聞かれて悪い話ではないのだが、かっこがつかない話だと彼は思う。

「冒険者ギルドって名前の方がかっこいいのは否定できないね」

バルは気を取り直してそう言った。

「あ、バルさんもそう思います？　実はあたしもなんです」

二人はクスクス笑う。

「俺みたいなおじさんは夢のない仕事を、生活のためにやっているけどね」

バルは笑みを引っ込めると自虐する。

「あら、バルさんがやっているのは誰かがやらないと世の中が回らないものじゃないですか。卑下《ひげ》する必要はないですし、してはいけないと思いますよ？」

ニエベは笑顔で彼をたしなめた。

「職業に貴賤《きせん》なしです」

「ニエベちゃん、立派な考えをしているなあ」

彼は感心する。

ニエベの場合は本心で言っているからだ。

「おい、おしゃべりばかりしてるなよ」

彼女の近くの受付男性が彼女たちを注意する。

「おっと。バルさん、今日はもう仕事しないでおきますか？」

「うーん。もう一つ、簡単なものを受けようかな」

バルがそう言うとニエベは目を丸くした。

「あら、珍しいですね」

「うん。だって最近、何だか変だろう？　何がとは言えないけどさ」

彼の言葉に彼女は同意する。

「そうですね。ちょっとずつ各地の支部から情報が集まって来ています。魔物の数がどうも増えているようなんですが、原因が摑《つか》めないのですから変ですよね」

「何が起こっているのかなあ」

バルは我ながら白々しいと思いながらもそう言わなければならない。

しがない七級冒険者が、情報を持っているはずがないのだから。

「原因が分からないと、騎士団も動けないようですね。今、調査チームを派遣しているところですよ」

「へえ、騎士団もそうなんだ？」

バルは初耳だと驚いてみせる。

騎士団上層部の知り合いの性格を考えれば、とっくに動いているだろうと予測できていたなど、おくびにも出さない。

「ええ。もっとも冒険者と連携は難しいと思いますけど」

ニエベの苦笑にバルも笑う。

冒険者の中には元騎士、元兵士もいる。

その多くが集団での暮らし、規律、上下関係になじめなかった者たちだ。

彼らは気の合う仲間との連携や協力はできるのだが、そうでない者たちと上手くやることは期待できない。

「バラバラに動いた方が成果はよくなるだろうね」

「ええ。ギルド総長もそうおっしゃっていました」

彼らがそう言っていると、隣から咳《せき》ばらいが聞こえる。

「おっと。ニエベちゃん、今日はどんな依頼があるんだい？」

バルの質問にニエベは慌てて依頼書を調べ、カウンターの上に載せた。

「バルさんにお願いできるのはこちらになりますね」

彼女が出した依頼書にあるのは引っ越しの手伝い、商会の荷物運び、建設業の木材運びなど力仕事が多い。

「どれにするか」

本来の彼からすればどれも大した仕事ではないが、さえない三十代の男としてはつらく思っている方がいいだろう。

簡単に選ばない方がそれらしいだろうなと思いながら迷っていると、後ろから声をかけられた。

「バルさん、仕事を探しているのかい？」

「ああ」

返事をしてからふり向くと、そこには顔なじみのパーティーがいる。

五級冒険者パーティー『鋼鉄の意思』のメンバーだった。

彼らは二十代の人間の男性四人で構成されている。

彼らが駆け出しの頃、エーファたちのように面倒を見たことがあった。

「よかったら僕らの仕事を手伝ってくれないか？」

パーティーリーダーのニコラがそう言う。

「お前たちの手伝いか」

バルは困惑する。

五級冒険者パーティーとなると、泊まりがけで仕事をおこなう機会が増えてくる地位だ。

彼としては帝都からできるだけ離れたくない。

「嫌とは言わないけど、仕事内容次第かな。今は帝都から出たくないと思っているのでね」

「何やら魔物の様子が変だものな。不安だよな」

『鋼鉄の意思』のメンバーはそう言ってうなずく。

誰もバルを情けないと笑ったりしなかった。

「下手に出歩かない方が賢いかもしれないけど、そういうわけにもいかないからね」

ニコラは嫌味のない笑みを浮かべる。

「僕らが受けたい仕事は討伐系じゃなくて、調査系なんだよね。日帰りのやつ」

「日帰りの調査系か……」

バルは少し迷う。

彼に声をかけてきたということから、内容はある程度予想できる。

しかし、確認しておくべきだと思い尋ねた。

「具体的にはどんな依頼なんだい？」

「ブランデン州へと通る公道の安全確認だよ」

「公道の安全確認か」

ニコラの回答にバルはやはりかと思う。

公道とは皇帝の命令で作られた道のことである。

帝国の場合、州と州を行き来する主要な道は全て公道であった。

公道が安全に通行できないと、人や物資の流れに支障が出てしまうため、確認を要求する依頼が国より来ることがある。

帝都には騎士団が滞在しているが、彼らは給料も経費も全て税金が使われているせいか、不要な出動は慎《つつし》むという傾向が強かった。

帝都近郊の見回りもおこなっているが、距離で言えば大したことはない。

離れたところの確認を行うのは冒険者に宛《あ》てがわれる仕事だ。

確認と言ってもただ巡回すればよいというものではない。

魔物や植物の生態系に変化は見られないか、という調査もおこなう。

場合によっては戦闘もありうる。

したがって七級冒険者には務まらず、五級以上の冒険者が頼まれやすい。

「俺が同行しても大丈夫か？　足手まといになりたくないよ」

バルは不安そうな顔をする。

七級冒険者が五級冒険者の仕事の手伝いを頼まれたとすれば、当然の反応だった。

だからニコラたちも疑わない。

「大丈夫だって。異変が起こっていると言っても大して強くない奴らばかりだし、半日あれば帰って来られる距離なんだよ」

ニコラは安心しろと笑う。

「そうだな。バルさんはベテランだけあって知識が豊富だから、同行してもらえると俺たちも助かるんですよ」

自分の身長くらいのサイズの頑丈そうな楯《たて》を持った、楯騎士の男もそう言った。

「俺らが駆け出しのころ、お世話になったし今回も頼りにさせてもらうぜ」

槍《やり》使いもにっかりと笑う。

「同行して頂けるのでしたら、報酬の二割が同行者の取り分になります。失礼ながらバルさんにとって悪い話ではないと思いますよ」

ニコラの言葉にバルはうなずく。

「それは助かるけどなあ」

七級冒険者と五級冒険者では、報酬設定額がけっこう違っている。

実入りは悪くないだろう。

「ニエベちゃんはどう思う？」

彼は迷って受付嬢に相談する。

優柔不断で情けない男……とニエベが思うことはなかった。

「そうですね。お引き受けしてもいいのでは？」

彼女は我が身のように考え、そう判断する。

「『鋼鉄の意思』なら信用できますし、バルさんとも気心が知れた仲ですしね。油断は禁物ですが、滅多なことはなさそうですし、それにバルさんも調査してくれるならこちらとしてもひと安心です」

「そうか。期待に応えなきゃな」

バルが言うと、ニエベはニコニコして言う。

「何をおっしゃいますか。いつも通りで大丈夫ですよ」

「相変わらず信用されているね、バルさん。だから僕らも声をかけさせてもらったんだけど」

ニコラも笑顔で言った。

「ありがたいかぎりだな」

バルは照れたように右の頬を軽くかいた。

「じゃあまたよろしくね、バルさん」

「ああ、よろしく頼む」

彼とニコラが握手を交わしている背後で、ニエベが声をかける。

「ではバルさんが同行するという風に手続きしておきますね」

「あ、ニエベさん。ありがとうございます。お手数おかけしてごめんなさい」

ニコラが『鋼鉄の意思』を代表して彼女にわびた。

「いえいえ、問題ないですよ」

ニエベは仕事を増やされて不快そうになるどころか、上機嫌で答える。

「お気をつけて行ってらっしゃいませ」

彼女の声に背中を押されて彼らはギルドを出て、東門へと向かった。

「ニエベちゃん、可愛いよなあ」

弓使いのスキンヘッドの男がぽつりと言う。

「本当にな。ギルドの受付嬢ってなぜか美人が多いよな」

楯騎士がそう応えた。

「どうしてなんですかね、バルさん?」

ニコラがバルに質問する。

「そこで何故《なぜ》俺に聞くんだよ」

バルは苦笑した。

正解なのかはともかく、イェレミニアスが考えそうなことは推測できる。

しかし、ここで言うつもりはない。

「バルさんはベテランですし、何かご存じじゃないかなと思いまして」

爽《さわ》やかな笑顔を浮かべるニコラに他意はなさそうだ。

「そんなこと、分からないよ。ギルドの人事部の狙いなんてね」

バルははぐらかして答えない。

「バルさん、いい年して純粋なんですか?」

弓使いが言うと、ニコラが真顔で注意する。

「失礼なことを言うな!」

「お、おう。ごめん。バルさんすみません」

「いや、いいよ」

バルは恐縮して謝ってきた弓使いに笑いかけた。

「お前たちはどう思う？」

彼が聞き返すと、弓使いが勢いよく答える。

「やっぱりニエベちゃんみたいに可愛い子がいたら、はりきっちゃいますね」

「頑張ってだなんて笑顔で言われたら、頑張りたくなりますねぇ」

楯騎士も彼に賛同した。

「男って単純な生き物だなと思いますね」

バルにとって意外なことに、ニコラまでもが同意している。

「ニコラって恋人いるんじゃなかったか？」

彼が尋ねると、ニコラはにこにこして答えた。

「ええ。交際中です。ゆくゆくは結婚したいと考えていて、そのためにも資金を稼いでおきたいところですね」

「立派だな」

堅実な人生設計を聞かされてバルは感心する。

「少しでも報酬は多い方がいいのではないか？　しつこいようだが」

彼がもう一度言っても、ニコラは嫌な顔をしなかった。

「短い目で見ればそうかもしれません。ですが、焦りは大魚を逃がす要因となるということわざもありますし、コツコツやっていこうと思いますよ」

落ち着いた受け答えは、一パーティーのリーダーの風格らしきものを感じさせる。

「うん。いい考えだと思う」

バルはそう答えた。

ニコラは容姿もよく、非の打ちどころのない好青年だなと思う。

強《し》いて欠点を挙げるとすれば、まだ五級冒険者であるところくらいだろうか。

実力者となれば二十代のうちに三級か二級にまでランクアップするからだ。

ただ、安全を第一に仕事を受けていれば、ランクアップが遅れやすい制度になっているため、一概には言えない。

「はあ。ニコラはいいよなあ」

弓使いが羨《うらや》ましそうにため息をつく。

「同感だなあ」

槍使いと楯騎士も同意する。

『鋼鉄の意思』の中で恋人がいるのはニコラ一人だけなのだ。

「ニエベちゃんみたいな彼女ほしいな」

　弓使いはさらに言う。

　そこで会話が途切れたのは帝都を抜けて公道に出たからだ。

　彼らは手慣れた様子で散って調査を始める。

「バルさんは僕と一緒でお願いします」

「了解」

　ニコラの指示にバルは従う。

　彼のような立場の者が同行しているパーティーのリーダーの指示に従うというのは、暗黙の了解だった。

「花の色、茎の伸び方、特に問題はなし」

「動物のフンはいくつも見られるが、帝都付近で見かけるものばかりだな」

「不自然に枯れている草花はない」

　彼らは地道に作業をしながら進んでいく。

「こうして歩いていると、バルさんに薬草の見分け方を教わった時のことを思い出しますね」

　ニコラが不意に話しかけてくる。

「もう何年も前の話になるな」

バルはそう答えた。

話しながらでもニコラの作業の精度が落ちたりはしない。

それが分かっているからこそ、つき合うことにしたのだ。

「ええ。感謝しています」

「何だ、急に。どうかしたのか？」

改めて礼を言われたバルは少しとまどう。

「いえ」

ニコラはそう答えた後、少し迷ってから声を低くする。

「バルさんにだけは言いますが、そろそろ彼女と結婚を考えているのです」

「そうか。おめでとう」

バルは特に驚きはしなかった。

「二人で話し合っているうちにお世話になった人に礼を言っておきたくなってしまって
……不思議なものですね」

ニコラは彼の方を見て、照れ笑いを浮かべる。

「なるほどな」

バルはうなずく。

世話になった人にあいさつをすることで、新しい生活へと気持ちを切り替えようとしているのかもしれない。

（そういうことなら分からなくもない）

とバルは考えた。

「ご迷惑でなければ、結婚式に来ていただきたいのですが」

「おいおい。俺はしがない七級冒険者だよ」

ニコラの申し出に彼は苦笑する。

「かまいませんよ。彼女もそういう人ならと賛成してくれています」

「手回しがいいな」

バルは逃げ道がふさがれたことを悟り、苦笑を深めた。

「お前たちさえいいなら、断り切れないが」

頑《がん》として参加しないというのも、彼の性格的には難しい。

「大丈夫です。来てください」

ニコラは重ねて言う。

「ニコラには勝てないな。負けたよ」

　バルはおだやかに笑い、参加する意思を示す。

「式の日どりは決まっているのかい？」

「いえ、まだです。もう少し先になると思います。結婚したら色々と物入りになるということなので、費用を貯《た》めておきたくて」

「そうか。お幸せに」

　バルが軽く右肩を叩《たた》くと、ニコラは苦笑する。

「まだ早いですよ」

「はは。でも、お祝いの言葉は何回贈《おく》ってもいいものだからな」

　彼はそう言って不意に硬直した。

「おっと、招待されるからにはお祝いの品も何か用意しないとな」

「ありがとうございます」

　ニコラはにこやかに礼を言う。

「ニコラこそ、今言うことじゃないよな」

　バルはお返しとばかりに指摘する。

「そうでした」

　ニコラは手で軽く頭を叩いた。

「彼女との結婚は……そうですね、もうすぐ四級に昇格できるので、四級に昇格できたらと考えています」

「頑張れよ。彼女のためにも」

「はい」

バルの励ましにニコラは力強くうなずく。

「よし、じゃあ作業に戻ろう」

「ええ。あ、バルさんこの花はどう思いますか？」

ニコラが指さしたのは、公道から少し離れた位置にはえた紫色の花だった。

そばに生えた同じ形の花が赤と青だというのに、一つだけ違っている。

彼は異変の兆《きざ》しではないかと考えたのだ。

「これは帝都ダリアの変種だな」

バルは即座に答える。

「変種ですか？」

「ああ。赤や青の中に一つ二つ、紫色が混ざっていることがある。たしか花の研究をしている皇族が発表なさったらしい」

「そうでしたか。よかった！　不吉な出来事の前触れかと一瞬、肝を冷やしましたよ」

彼の説明を聞いてニコラは胸をなで下ろす。

「気持ちは分かる。多数の花の中に色違いの同種が混ざっていると、ぎょっとするよな」

「ええ。バルさんに来ていただいてよかったです」

ニコラはバルの言葉を少しも疑っていない様子だ。

信頼関係のなせるわざであろう。

「しかし、皇族の研究だとよくご存じでしたね？」

ニコラは笑顔を引っ込め、不思議そうに尋ねてきた。

学者の研究というだけでも知る機会は少ないのに、皇族のものとなればさらに難易度は跳ね上がる。

彼が疑問に思うのは当然のことだった。

「知り合いの知り合いに研究者がいてね。写しの写しのそのまた写しくらいなら、見ることができるそうだ」

「なるほど、同業者がいましたか」

ニコラは納得する。

いくら皇族がやっていることとは言え、研究の発表となれば同業者の耳目《じもく》を集めるものだ。

「それにしてもバルさん、さすが顔が広いですね。そのような知り合いまでいるとは」

「十年以上も冒険者をやっていると、嫌でも知り合いは増えるぞ」

ニコラの称賛をバルは受け流す。

「今度、コツを教えてくださいよ」

ニコラは真剣な様子で頼んでくる。

真面目《まじめ》で人に頼ることにためらいを持つ性格の彼が、こう言ってくるのはかなり珍しいことだ。

「何だ。結婚するから、気持ちの変化か？」

「はい、そうです」

ニコラは照れながらも認める。

「今までは自分一人が食えていれば、仲間と助け合いながら生きていければそれでよかったんです。ですが、これからは違います」

彼は笑みを消して真顔で話す。

「養う家族、守っていく人が増えるんです。だから、僕の好みとか主義とかは二の次にして、稼ぐためには少しでも可能性を広げたいんです」

「えらいな」

バルは率直に言った。

「え、そうですか？」

ニコラは驚いたと言うよりは、意表を突かれたという顔になる。

「家族のため、主義を変えられるのはえらいと思うぞ。独り身の俺が言っても説得力がないだろうが」

「いえ、そんなことはありませんよ」

ニコラは首を振る。

「女のためにプライドを捨てるのか、なんて言われたことはありましたけど、褒めてもらったことはありませんでした」

「……モテない独身男のやっかみだろうから気にするなよ」

バルは彼の肩に優しく手を置いて励ます。

「はあ、そういうものなのでしょうか？」

ニコラは分からないという顔で首をひねる。

（こいつのことだから本気で言っているのだろうな）

とバルは思う。

ニコラは容姿も人当たりもよく、頭だって悪くはない。

どうして冒険者になったのか不思議な男だ。

帝都の二等エリアにおいてはけっこう女性に人気がある。

モテない男たちが敵意を抱くのは自然の摂理だと言っても、過言ではないほどだ。

「嫌味に聞こえてしまうから、あまり言わない方がいいぞ」

バルは念のため忠告しておく。

「はい、気をつけます」

ニコラは素直に聞き入れる。

「やっぱりバルさんは親切で頼りになりますね」

そして笑顔で言った。

今度はバルも急に何だとは思わない。

自分が彼をやっかんだりしたことがないせいだろうと感じたからだ。

「作業に戻るぞ」

そう言っただけである。

時々太陽の位置を確認しながら、彼らは作業に励んで日が暮れる前に帝都へと戻ってきた。

東門から入りまっすぐ冒険者ギルドへと向かう。

「特に異常はなかったな」

「ああ。よかった」

ニコラたちはそう言い合う。

「ニコラが結婚を決めたっていうのに何かあったら、たまったものじゃないからな」

と弓使いが言った。

彼らは同じパーティーの仲間だけに、ニコラの結婚予定を知らされているようだ。

「そうだな。油断は禁物だが、ひと安心だな」

彼らは笑顔で安心の言葉を並べる。

「みんな、ありがとう」

そういうニコラの目尻《めじり》にはうっすらと涙が浮かんでいた。

「泣くなよ、馬鹿」

「相変わらず涙もろいな」

「そういうのは結婚式まで取っておけ」

「いや、子どもが生まれるまでだな」

『鋼鉄の意思』の面々は笑い、彼を励ます。

（四人の友情、見事なものだ）

バルは少し離れた位置から彼らを見守っている。

途中おばあさんが重そうな茶色い袋を背負い、ふらつきながら歩いているのを見かけたため、ひょいと袋をかついだ。

突然荷物が軽くなったことに驚いたおばあさんがゆっくりと振り返り、助っ人の顔を確認すると破顔する。

「おや、バルだったのかい。いつもすまないねえ」

不安そうな色は一瞬で消えてしまった。

「気にしなくていいよ。どこまで持っていけばいい？」

バルは安心させようと微笑みながら尋ねる。

「息子の家だよ。子どもが生まれた祝いを持って行ってやりたくてね」

おばあさんはそう説明した。

「おばあさんの息子さんの家って、確か中央大通りの近くだったよね」

彼が自分の記憶を探りながら確認する。

「そうだよ。よく覚えてくれていたね」

おばあさんはちょっとうれしそうに答えた。

「記憶力は悪い方じゃないと思う」

バルは照れたように答え、ちらりとニコラを見る。

「ニコラ、すまないが」

「中央大通りの近くならギルドから遠くないし、お気になさらず」

彼は分かっているという風に返事をする。

「まあバルさんだしね、分かっていたさ」

他のメンバーたちも悟りきった表情で受け入れた。

「バルは慕われているねえ」

おばあさんがしわだらけの笑顔で言う。

「そうかい？　何かちょっと違う気がするんだが」

バルは首をひねったが、ニコラたち『鋼鉄の意思』は笑うばかりだった。

そして中央大通りに出る。

まっすぐに行けば西門、右手に曲がれば一等エリア、左手に曲がれば南門へと行ける帝都内の分岐点だ。

この十字路をまっすぐに進み、右手側の四軒めの緑色の屋根の家の前に着くと、おばあさんが振り返って彼らに礼を言う。

「ここだよ。どうもありがとう」

「いいってことさ。息子さんたちによろしく」

バルたちは笑顔で別れ、冒険者ギルドを目指す。

冒険者ギルドは十字路まで戻って北側、一等エリア側に曲がって六軒めにある。

彼らがドアを開けて中に入ると、女性冒険者パーティーがカウンター前にいて、男性職員が対応している。

その隣にニエベがいて、彼女の前にはちょうど誰も並んでいなかった。

彼女は戻ってきたバルたちの姿を見ると、にこやかに話しかける。

「お帰りなさい。いかがでしたか？」

「特に何もなかったです」

リーダーのニコラが代表して答えた。

「見落としがなければですが」

「バルさんも一緒で見落としがあったなら、あきらめるしかないですね。……これ内緒ですよ？」

ニエベが小声で彼に言う。

どれだけ彼女が彼らのことを信用しているのかが分かる発言だが、彼女や冒険者の立場では褒められたものではない。

「はい。言いません」

　ニコラも理解しているため、小声で応じる。

「調査料は二十五万トゥーラですね。二割が同行者の取り分、残りが『鋼鉄の意思』のみなさんの分となります」

「ありがとうございます」

　彼女から報酬が入った白い革袋を受け取り、ニコラはまずバルの分の帝国銀貨五枚を取り出して彼に手渡す。

「はい、バルさん。五万トゥーラです」

「毎度あり」

　バルは受け取ってから苦笑する。

「取り分が俺とお前たちで同じになってしまったな」

　残りの二十万を四人で分ければ一人当たり五万トゥーラだ。

『鋼鉄の意思』は損をしたと見る者がいても不思議ではない。

「気にしなくていいですよ」

　弓使いが笑う。

「久しぶりに一緒に仕事ができて楽しかったですね」

　楯騎士がそう言い、ニコラが真顔でうなずく。

「それに調査系の仕事は大切ですからね。損得計算なしでも引き受けたんです。バルさん、あなたの教えの通りに」

「覚えていたのか」

　バルはそうなのだろうなと思いながら応じる。

　彼と『鋼鉄の意思』が知り合った時、ニコラ以外のメンバーは調査系の依頼を軽んじている傾向があった。

「お恥ずかしいかぎりで」

　彼らは反省したらしく、バツが悪そうな顔をしている。

　新しくパーティーが入ってきたため、彼らは邪魔にならないようにギルドの外へと移動した。

「気づくことは大事だ。気づいて改めた君たちは立派だよ」

「恐縮です」

　バルの言葉に弓使いが答える。

「この後、バルさんはどうする予定ですか？」

「普通に家に帰るけど」

ニコラの問いに彼は返事して、逆に問いかけた。

「何かあるのかい？」

「いえ、たまには食事でも一緒にどうかなと思うのですが」

ニコラの用事とは素朴でありふれていて、だからこそバルの想像の範囲内にないものだった。

「……今日は止めておくよ。すまない。また誘ってもらってもいいかな？」

「はい。予定があえば」

ニコラは残念そうにそう言ったが、槍使いが探るような目で彼を見る。

「バルさん、もしや女とデートですか？」

「いや、違うよ」

バルはとりあえず否定したが、彼は信じなかった。

「まさかニエベちゃんと待ち合わせとか？」

「どうしてそこでニエベちゃんが出て来るんだ」

バルは呆《あき》れる。

「くっ、この人本気で言ってるのか？　ニエベちゃん、バルさん相手だとちょっと態度違うじゃないですか」

弓使いが悔しそうに言う。

「けっこう分かりやすいけどなあ」

楯騎士も話に加わる。

「あの子のは恋愛感情とちょっと違うと思うが」

バルはそう答えるが、彼らには余裕と映ってしまった。

「くっ、これが持つ者の余裕……」

「俺たちにはないものか……」

悔しそうにもだえる仲間たちをニコラがたしなめる。

「お前たち、その辺にしておかないとバルさんの迷惑だぞ」

「お、おう」

リーダーの少し厳しい口調に、彼らはひるんだ。

「バルさん、みんなが申し訳ありません」

「気にしてないさ。仲いいからこそ言い合えることもあるからな」

バルは大らかに笑い、ニコラを安心させる。

「さすがバルさん。器がデカい」

「同感だけど、お前たちが言うなよ」

ニコラは茶化した仲間たちをじろりとにらむ。

「じゃあ俺はこの辺で」

バルは自分がいない方がいいと判断し、さっと右手を上げてその場を立ち去る。

「今日はありがとうございました」

ニコラの声が背中に届いたが、彼は振り返らなかった。

閑話　次の段階

「次の段階ですか？」

アリアは岩で作られた指令室で首をかしげる。

彼女は非合法組織『闇の手』の幹部の秘書だ。

現在彼女たちは東方大陸に拠点を作り、暗躍している。

「うむ。本部からの指示だ。帝国の戦力を調査し、あわよくば削っておけとのことだ」

彼女の問いに答えたのは彼女の上司で、東方大陸拠点のトップに立つ男だ。

「危険ではありませんか」

彼女は不安を口にする。

帝国は東方最強、世界でも屈指の国力を誇る大国だ。

調査名目で戦力を小出しにするのは、「戦力を逐次《ちくじ》投入して各個撃破される愚」そのものではないかと危惧《きぐ》したのである。

「アリア君は心配性だな」

「ですがゼレリー様」

彼女が反論しようとすると、ゼレリーは右手で制した。

「帝国の奴らは我々のしっぽすらつかめず、右往左往しているではないか。本部が次の指示を出してきたのは当然の判断だろう。何を恐れるのかね？」

彼の口調に怒りこそないが、若干嫌味が混ざっている。

女性に対しては紳士的だがプライドが高く、反論されることが大嫌いという彼の性格をアリアは考慮し、言い方を工夫した。

「私は勇敢なゼレリー様と違い、臆病者なので。どういう理由で安心なのか、説明していただければ幸いです」

彼女は不本意ながら媚《こ》びて、笑顔を作る。

若くて美人の部下に持ち上げられ、下手に出られたゼレリーはたちまち上機嫌になった。

「うん。君を安心させるのも私の務めかな。では説明してやろう」

本人に自覚はないのだろうが、恩着せがましく上から目線である。

「帝国は戦力を持っているのかもしれんが、索敵能力は低い。本部から貸し出された魔術具【幻想マント】を装備した部下たちに気づけていないことから分かる。これが一つ」

アリアは面倒だと思いながら「なるほど」と合いの手を入れた。

「次に【闇の召喚魔術】は発動させるまで、敵だと悟られぬ利点がある。触媒の【闇の魔石】は【闇の収納袋】に入れておけば感知されない。これで二つ」

「はい」

アリアはうなずく。

「三つめだが部下たちには【転移の宝石】を持たせてある。敵に発見されたところですぐに逃げ出すことができる。よって戦力を失う心配などいらない。どうだね、アリア君」

ゼレリーの「どうだね」は「たくさん褒めろ」と解釈するべきだ。

そのことを知っている彼女は素敵な笑顔を作って、頑張って言葉をひねり出す。

「とても分かりやすい説明、ありがとうございます。愚かな私でも納得し、安心することができました。ゼレリー様、さすがでございますね」

「いや、分かればいいのだ」

ゼレリーは照れたように鼻をこする。

彼の機嫌を損ねずにすんでアリアはホッとした。

「できれば八神輝《レーヴァテイン》とやらの力を確かめたいと思うのだが、それは禁止されているからな」

ゼレリーは一転して不満そうに言う。

「私の明晰《めいせき》な頭脳によれば、八神輝《レーヴァテイン》とやらの強さはかなりの誇張が含まれている可能性が高い。自国戦力を強大だと宣伝するのは国家戦力として当然のことなんだからな」

「御意」

この意見には素直に賛同できるとアリアも思った。

彼女はゼレリーと違って八神輝《レーヴァテイン》がこけおどしだとは考えていないが、誇張が全くないとは信じられないのだ。

「大国の最大戦力はあなどらない方がよいと総裁はお考えなのでしょうか？」

「そうだろうな」

彼女は肯定的なのに対し、ゼレリーは否定的である。

プライドが高い彼は自分の能力以外は過小評価しがちであった。

それさえなければもう少し高い地位についていてもおかしくはない。

（そもそも非合法組織に所属なんかしないか……私も人のことは言えないけど）

アリアは自嘲《じちょう》する。

『闇の手』は【魔界の民】を信奉《しんぽう》し、力や知識を授かるのと引き換えに彼らを地上に呼び込むという目的を持つ。

かつて地上に攻め込んできて、地上を滅ぼしかけた存在を信奉するなど、まともな人間がやることではない。

彼女はほとんどの組織構成員とは違い、その自覚があった。

それでも所属しているのは、この世に恨《うら》みしかないからである。

「ゼレリー様、隊員たちに命令を出しますか？」

彼女は気持ちを切り替えて上司に問いかける。

「ああ。各地で【闇の召喚魔術】を発動させよ。そしてそれに対処する帝国戦力の調査をせよと。……せっかくだから、帝都にも誰かを向かわせろ」

「帝都をですか？」

ゼレリーの発言にアリアは目を丸くした。

本部からの指示に帝都攻撃はないはずである。

つまり彼の独断ということだ。

「帝都を襲撃されれば、帝国は必死に防衛するだろう。つまり、敵の最大戦力とやらが嫌でも分かるという計算だ」

ゼレリーは冷たい笑みを浮かべる。

彼は帝都に少なくない損害を与え、それを自身の手柄とする腹積もりなのだ。

アリアは直感したが、反対はしない。

（帝都の防衛戦力を探るというのは大事だものね）

その意味でゼレリーはおかしなことを言っているわけではなかった。

（最悪一人くらい失うかもしれないけど、得るものの方がずっと大きいわ）

彼女はそう計算する。

「帝国はいずれ叩《たた》く存在。だとすれば保有戦力は少しでも早く把握しておいた方がよいということですね。さすがゼレリー様。感服いたしました」

彼女が感心してみせると、ゼレリーは我が意を得たりとばかりにニヤニヤする。

「うむ。そういうことだな。アリア君も少しは分かってきたな」

「では、指示を出します」

彼女は頭を下げ、指令室から出ていき、通信魔術具を取りに行った。

第十一話　光の戦神バルトロメウス

バルは夜、帝都近郊の見回りをしている。

仮面と黒いマントとフードという、八神輝《レーヴァテイン》としてだ。

帝都は治安がいいのだが、それでも犯罪の類《たぐい》が全くないわけではない。

（それに今は何が起こるか分からない予感がある）

と彼は思う。

今、八神輝《レーヴァテイン》のうち彼以外は皇帝に指定された場所へと移動し、防衛と調査の任についている。

彼らがいるかぎり滅多なことは起こらないと信じているが、同時に敵は何かを仕かけてくるだろうとも思う。

彼は今帝都の空に浮いていた。

帝国の魔術師が作ってくれた魔術具【浮遊石】の力である。

それなりの魔術師であれば自力で浮遊魔術を会得《えとく》できるのだろうが、異能に特化したバルは魔術具を使うしかない。

（見回りはいいな）

バルはそう思う。

帝都で見られる夜空は宝石箱に劣らぬ美しさだし、空気も美味《うま》い。

ひっそりと静まっている空間から、この都市が平和だということを実感できる。

この静かで平和な世界がバルは好きだった。

（さて、他の地域にも行ってみるか）

この分であればおそらく今日も何もないと彼は判断する。

帝都は一等エリアを『アインスブラウ』が、二等エリアと三等エリアを守備隊が定期的に巡回しているのだ。

彼らに任せようと移動する。

バルが移動に使うのはパンツの右前ポケットに入っている、銅貨にそっくりな見た目をした魔術具【転移コイン】だ。

ポケットに手を突っ込んでコインに触れて念じるだけで、魔術具の効果は発動する。

移動先はまず帝都と同じくホルスタイン州に属している各都市からだ。

一通り見回り終えて自宅へと帰還して眠りにつく。

翌朝、ミーナが起こしに来ないと分かっているせいか、起き出す時間はいつもよりも遅かった。

彼女は数日分の食事を用意し、【上級収納袋】に入れてテーブルの上に置いてくれていた。

（戻ってきたら礼を言わないといけないな）

そこまでしてもらう必要があるほど、バルは生活能力がないわけではない。

しかし、ミーナの厚意を無にするわけにもいかず、ありがたく食べることにする。

彼女がいないせいか、いつもより食事が味気なかった。

（いつの間にか、一人で食べないことの方が多くなっていたものな）

バルは冷静に振り返る。

敵が何らかの行動を起こすまではしばらく今日のような日が続くのだろう。

（敵がいつ動くのかだが……そんなに待たなくてもいい気はするな）

と彼が思うのは、確かな根拠があるわけではない。

ただ、彼らは今のところ完全に後手に回ってしまっている。

敵からすれば笑いが止まらないような状況だろう。

それなのに慎重に行動するのか、彼には疑問だった。

（師匠は勝っている時こそ要注意だと言っていたが……）

それだけ優勢な時に油断しないのは難しいのである。

(もしかしたら陛下はわざと劣勢のまま放置していたのかもしれないな)

バルはふとそう考えた。

皇帝は国民に優しく、ヘッセン子爵のような例外を除き多くの貴族の手綱《たづな》をしっかりと握り、帝国騎士や魔術師たちの敬意と忠誠を集める存在である。

困窮している民を救済する政策をいくつも打ち出した。

立派な統治者には違いないのだが、ただ優しいだけの人物ではない。

目的のために少々の犠牲を払う腹芸《はらげい》くらい、平気でできる男だ。

(いや、よそう)

バルがやるべきなのは、皇帝の真意や狙いを想像することではない。

帝都の防衛だ。

帝都には皇族を守る近衛《このえ》騎士隊『ケーニヒヴァイス』、『アインスブラウ』に加えて帝都の警備隊がいる。

そして魔術長官を頂点とする宮殿魔術師たちもいるのだ。

生半可《なまはんか》な敵は一蹴《いっしゅう》できるだろう。

問題があるとすれば帝都の広さに対し、人手が足りないということだ。

少数ならばいざ知らず、物量攻撃にさらされた場合は討ち漏らしが出てしまうかもしれない。

（敵もその辺は承知しているだろうな）

とバルは予想する。

きちんと調べればすぐに分かることだからだ。

考えても益体《やくたい》なしと思うものの、ただ待機しているばかりではどうしても思考がそちらに進んでしまう。

（ギルドに顔を出すか……いや、止めておくか）

彼は外に出ようとしたところで止まる。

彼が広げている気配探知に引っかかったからだ。

（どうやら敵が来るようだな）

彼はちらりと東の方角を見ると、《戦神《せんしん》》としての衣装に着替えて、いつ敵が仕かけてきてもいいように準備をする。

彼が見た方角の遥《はる》か先には『闇の手』の工作員が三名いた。

彼らこそ帝都襲撃を任せられたメンバーである。

彼らのうち一人は大量の魔力がこもった石を触媒に、ガーゴイルを二千ほど呼び出す。

「さて、いよいよだな」

今日帝国各地に一斉に攻撃を仕かける手はずであった。

帝国が本当に強国なのであれば、恐らく襲撃は失敗するだろう。

しかし、彼らの目的は「帝国は誰がどう撃退するのか」を調べることにある。

そしてあわよくば少しでも被害を出して、国力を削っておこうというわけだ。

「さすが総裁、えげつなくも完璧な作戦だ」

工作員の一人が自分たちの長《おさ》を絶賛する。

「全くだな。だが、ガーゴイルがたったの二千では帝国の騎士団なら撃退してしまうかもしれない。もっと戦力を増やした方がいいんじゃないのか?」

別の一人がそのようなことを言い出す。

「帝国の騎士団だけで迎撃できるなら、うわさの八神輝《レーヴァテイン》とやらは出てこないかもな。だとしたら、調査としては上出来とは言えないか。せっかくだし近くの村も襲うか?」

最後の一人はそう言って賛成に回る。

「……そうだな。今回は失敗してもいいんだ。戦力を派手に投入してやるか」

最初の一人も賛成に回った。

彼らは一斉に暗い笑みを浮かべる。

彼らもいずれも貧しい国の下流層として生まれ、この世を恨んでいた。

帝国のように栄えていて、今日の飯にも困る貧困層が非常に少ない国に対しては、妬《ねた》みや恨みの感情が強い。

（俺らは毎日苦労の連続だったのに、いい暮らしをしやがって）

と声には出さないが、共通の感情がある。

帝国民にとっては迷惑にもほどがあるが、今の彼らには与えられた力があった。

「よし、俺たちも召喚しよう」

一人が魔力のこもった赤い色の石を懐から取り出し、詠唱を始めた。

「闇の神よ、御身《おんみ》の忠実な僕《しもべ》の願いを聞きたまえ。ここに魔力を捧《ささ》げます。御身の忠実な手足を我らがもとに送りたまえ。【コール・オブ・デビル】」

彼の目の前に黒い魔方陣が浮かび上がり、黒い影が大量に出現する。

黒い影は五千を越すトロールへと変わった。

これこそが【闇の召喚魔術】の効果である。

彼ら本来の実力ではとうてい実現できないが、組織より与えられた魔力入りの石のおかげで召喚できる。

「よし、じゃあ次は俺の番だな」

最後の一人が同じように詠唱した。

「【コール・オブ・デビル】」

彼が召喚したのは約七千のインプである。

三人は満足げにニヤニヤ笑う。

ガーゴイルは鉄のような硬い皮膚が特徴の有翼悪魔だ。

さらに火を吐く能力を持ち、一体倒すのに四級冒険者パーティーが必要とされる。

トロールは赤い皮膚と筋骨隆々とした巨体が特徴的な鬼族だ。

その剛腕は鉄の盾を泥のように砕き、やはり四級冒険者パーティーでなければ歯が立たないという。

最後のインプは黒い皮膚に赤い目、コウモリのような翼を持った悪魔族だ。

身体能力はあまり高くないものの、空を飛べる上に魔術を使うことができる。

上空から延々と魔術を放ちつつ、地上からの反撃は障壁を張って防ぐという悪夢のような存在だ。

彼らの魔術の守りを突破するためには、上級魔術を使える魔術師が数人必要になるという。

「ガーゴイル二千、トロール五千、インプ七千……四級冒険者パーティーが二万組いたって撃退不可能だろう」

「一級冒険者パーティーにしても百から二百くらいは必要だからな」

彼らは早くも勝ち誇っていた。

これには彼らなりの理由がある。

「調べたかぎり、帝国が有する一級冒険者パーティーは十組、特級で三組らしい。つまり勝ったも同然だ」

彼らは一応帝国の戦力を調べていたのだ。

だからこそ断言したのである。

帝都の戦力では彼らが今から放つ魔物たちに対抗できないと。

「で、近くの村ってどこだ？」

「帝都から歩いて二日ほどの距離に村があるんだ。そこを襲えば敵の守備戦力も無視できまい」

「ああ、戦力を投入してくるだろう。無視したらしたらで、民の信頼を傷つける事ができる。我々の任務に支障は出ないはずだ」

三人はそう相談し合う。

「しかし、小さな村を潰すのにこれだけの戦力を投入するのは馬鹿馬鹿しいと思わないか？」

「そうだなぁ……ガーゴイル五百もぶつければいいかな」

「それでも過剰だな。虐殺になってしまうぞ」

工作員たちは暗い笑みを交わし合う。

何の罪もない無力な村人を殺す事をためらうどころか、喜びを感じているようであった。

「いいじゃないか。帝国の奴らなんていつの日か皆殺しにするんだ」

「帝国どころか、地上の奴らは全て殺す。そして俺たちが栄える日が来るんだ。それがちょっと前倒しになるだけじゃないか」

彼らを制止する者は一人もいない。

「ゆけ、我らが僕たちよ」

三人が帝都を指さし号令を下すと、魔物たちはいっせいに進みはじめる。

急がせなかったのは帝都の住民たちをじわじわと苦しめてやりたかったからだ。

（今まで運よく大国に生まれただけでいい暮らしをしてきた奴らめ、たっぷりと地獄を見せてやるぞ！）

彼らの思いは共通していたのである。

まずはガーゴイル五百が帝都の近くの村へと向かう。

最初に気づいた村人は、今日も木刀を外で振っていたカイルだった。

「うん……？　あれは……？」

異形がはっきりと見えたカイルは仰天し、飛び上がって村の中に駆け込む。

「た、大変だあ！　モンスターだあ！」

大きな声で村を駆け回ると、慌てて村人が集まってくる。

「モンスターだって？　数は？」

「わかんない！　たくさん！」

カイルはこういう嘘《うそ》をつくような少年ではないと皆が知っていた。

だから大人たちは急いで武装を始める。

その間、四級冒険者パーティーが村の外へ様子を見に行き、すぐに戻ってきた。

「やばいな。あれはガーゴイルだ。魔術師がいないとつらい相手で、強さは四級相当だ。

しかも数は五百くらいいる」

「何だって！」

村人たちにとって四級相当の魔物とは恐ろしい脅威である。

しかもそれが五百となると絶望的だ。

「誰か、帝都に走って救援を呼んでくれないか？」

「今からじゃ間に合うのか？」

村人たちの顔にはあきらめがただよっている。

「四方を囲むように接近している。あれを突破するのは容易じゃないぞ」

四級冒険者パーティー『芽吹きの春』のメンバーが顔をしかめた。

「せめて三級パーティーがいてくれたら、話は違うんだが」

冒険者パーティーというものはランクが上がるほど強くなる。

今いるのは四級パーティーが一組、七級パーティーが二組だけだ。

「ひとまず魔術具で救援要請を出しておいた。騎士団が駆けつけてくれるまで、何とか持《も》ち堪《こた》えたいな」

《芽吹きの春》の一人がそう言う。

帝都に異変を知らせることができたのがせめてもの幸いである。

「やれるだけやってみよう」

「ああ。俺たちの村だ。せめて女子どもだけでも守らなきゃ」

だからこそ村人たちも勇気は持てた。

「おいらも行く！」

そこへカイルが大きな声を出して、参戦する意志を表明する。

「何を言う、カイル」

インバーが怖い顔をして彼をにらむ。

「おいら、兵士になるんだ。それにおいらはいなくなっても平気だろう？」

決意を固めた少年の顔は切なくて、大人たちは思わず息を飲んだ。

貧乏な家の三男坊は疎《うと》まれがちである。

いなくなると家計が助かるのは事実だ。

こんな子どもがその事実を理解しているというのは、大人たちにとってもつらいことである。

「何を言う！」

「父ちゃん……」

声を荒げたのはカイルの父だった。

「確かにお前を食わせるのは大変だが、だからと言っていなくなっていいと思ったことはねえぞ！」

「そうよ、カイル。いなくなった方がいいなんて、言わないでおくれよ」

隣にいるカイルの母は泣き出す。

「母ちゃん……」

両親に思いがけない言葉をかけられた少年はひるむ。

「で、でも、おいら、兵士になりたいんだ。頑張って魔物を追い払ったら、兵士になれるかもしれないじゃないか！」

「馬鹿なことを言うな！　お前が魔物に勝てるわけがねえ！」

カイルの父は頑として認めようとしない。

そこへ冒険者たちが割って入る。

「すまないが少しでも人手は欲しい。できるだけ無茶はさせないから、手を貸してはもらえないだろうか？」

「そりゃあ……」

気まずそうな冒険者たちに言われたカイルの父は、言葉を濁してしまう。

彼もまた圧倒的な戦力差があると分かっていないわけではない。

全ての男手と冒険者を投入して、ようやく女子どもを安全な場所に避難させる時間を稼げるかもしれないという程度だ。

「分かった。カイル、無茶はするなよ」

「うん！」

「女子どもは建物の中に隠れてくれ！　見逃してくれるか分らんが、外にいるよりはマシだろう」

「はいっ！」

村を囲むようにして迫るガーゴイル相手に、男の村人たちは石、鍬《くわ》、鎌、木の棒などを持って外に出る。

「『芽吹きの春』のメンバーなら、ガーゴイルにだって勝てるだろう。他の人たちは無理せず、防御と時間稼ぎに専念してくれ」

七級冒険者の指示に村人たちはうなずく。

元より勝ち目があると思っているわけではなく、無理をしようとも思わない。

せめて子どもたちの一人だけでも助けたいという気持ちだけがある。

『芽吹きの春』たちはガーゴイルの群れへ突っ込んでいく。

この中で彼らだけがガーゴイルとまともに戦うことができるという現状が、彼らに焦りを生んでいた。

「俺たちがガーゴイルをどれだけ倒せるかで、被害が決まる！　みんな、死力を尽くすぞ！」

「おおっ！」

絶体絶命だと分かっていても彼らの士気は高い。

「魔道の神ヴァイスへクセよ、我が戦友たちに御身の加護を。彼らがまとう武器に鋭き力、堅き盾を。【エンハース】」

魔術師が仲間の武器に付与魔術を使う。

これによって彼らの攻撃はガーゴイルにもダメージを通せるようになった。

弓兵が矢を射かけ、翼を貫く。

ガーゴイルがバランスを崩して地上に落ちたところを剣士が首へ切りつけるが、半分のところで止まってしまう。

「クソッ！　硬いなあ！」

完全に首を切り落とさないとガーゴイルは死なない。

それでも脅威度は大きく下がったため、ひとまず別の個体を新しい目標にする。

楯《たて》騎士が楯でガーゴイルの尻尾振り回し攻撃を防ぐ。

「ぐっ……」

「【ウォーターショット】」

そこへ水の魔術弾がガーゴイルの目に命中し、魔物は苦悶《くもん》の声を上げる。

「俺たちは何とか戦えているが……」

『芽吹きの春』のリーダーの声は苦い。

彼ら以外は完全に防戦一方だった。

石を投げたり、鍬や鎌を振り回すだけではガーゴイルにダメージを与えることすらままならない。

木の棒などはあっさり折れてしまい、村人たちは爪で腕を引き裂かれ、尻尾で吹き飛ばされ、戦闘不能になっていく。

「まだ死人が出ていない方が奇跡なほどの状況……いや、まさか遊んでいるのか？」

《芽吹きの春》は経験があるだけに不愉快な予想を思いつくことができた。

このガーゴイルたちは単に村を襲ったのではなく、人間をなぶり苦しめてから殺すつもりでいるのではないか。

「ガーゴイルにそんな知能があるはずがないが、そうでないと説明がつかない」

《芽吹きの春》のメンバーは敵の悪意に怒りを抱き、吐き気を催す。

「カイルッ」

誰かの悲鳴があがる。

振り返ると傷だらけになって倒れているカイルと、その父親を目がけてガーゴイルが飛びかかろうとしていた。

「ダメだ、間に合わない……」

親子が初の死者になってしまう。

そう思った直後、鮮烈な閃光《せんこう》が迸《ほとばし》ってガーゴイルたちが消滅していた。

「……えっ？」

とっさには何が起こったのか、誰にも理解できない。

光が消えると同時に姿を見せたのは白い仮面を被った人物である。

「すまない。遅くなった」

その人物はそう言うと、ガーゴイルに向けて手をかざす。

魔術で声を変えているのか、奇妙な声色だった。

光が迸るとまだ五百近くいたガーゴイルが、四百にまで減っていた。

そして次の閃光の奔流《ほんりゅう》の後には二百にまでなっている。

光が迸るたびにガーゴイルの大群が消滅していく。

一方的な展開に、ほとんどの者は何が起こっているのか頭がついていかない。

（光弾か？　光の弾を撃って、ガーゴイルを倒しているのか？）

『芽吹きの春』は四級冒険者ということもあり、かろうじてだが何をしているのか推測できた。

彼らが付与魔術を使ってようやく攻撃が通るガーゴイルを、まるで雑草を刈っているかのように手軽に倒しているのだろう。

(次元が違いすぎる……)

そのようなことができるのは帝国広しと言えど、ほとんどいないはずだ。

「全部倒したので私は戻らせてもらう」

その人物は言うとちらりとカイルに目を向ける。

「少年、頑張ったな」

彼はそう言う。

気のせいか優しい口調だった。

(何だ?)

何となく不思議に思ったが、『芽吹きの春』のリーダーは疑問を殺して声をかける。

「ば、バルトロメウス様ですよね?」

「そうだ」

バルトロメウスは肯定した直後姿を消していた。

「い、今のがバルトロメウス様……」

「凄《すご》いな、何をしたのか全然分からなかったよ」

彼らがどうにか理解できたのは、バルトロメウスによって救われたらしいということだけである。

（死人が出なかっただけ、よしとしよう）

バルトロメウスはそう自分を納得させた。

彼によって村が救われる少し前、帝都全体に警鐘《けいしょう》が鳴り響く。

魔術具【望遠鏡】を使っている見張りが、魔物の大群の接近に気づいたのだろう。

「カンカンカン、カン、カンカンカン」

鐘を素早く三回鳴らした後に一回、さらに続けて三回。

これは敵が急接近していることを帝都中に知らせ、帝都防衛を任務とする帝都騎士団『アインスブラウ』の出撃を要請するものだ。

「警報っ？」

鐘《かね》の音を聞いた住民たちはまず驚き、近くの人と話し合う。

「何年ぶりだろう？」

「『アインスブラウ』の出撃を要請って、かなりやばいんじゃないのか？」

『アインスブラウ』は帝国が誇る精鋭の一角である。

彼らに出撃を要請する鐘が鳴るなど、滅多にあることではない。

大人たちの不安そうな会話をよそに、ある幼女が可愛《かわい》らしく首をかしげる。

「お母さん、これ何の音？」

「危ないかもしれないからおうちに帰ろうって言っているの」

「えー？」

幼女は不満そうだったが、母親の厳しい表情に何かを感じたらしくワガママを言わなかった。

娘をそっと抱きしめながら母親は言う。

「おうちにいれば大丈夫よ。帝都には強い騎士様がいらっしゃるし、何と言っても八神輝《レーヴァテイン》もいらっしゃるのだから」

彼女の言葉は娘を安心させようとしているだけではなく、彼女自身の信頼がにじみ出たものだった。

だからこそ幼女は落ち着き、小さくうなずく。

大人たちは慣れた様子で急ぎ店じまいをし、自宅へと戻っていった。

その間、『アインスブラウ』の第一大隊、第二大隊が東の門へと急行している。

彼らは全員が魔術の使い手であり、鎧《よろい》をまとい剣を佩《は》いて兜《かぶと》を被っていても、丸裸の時と変わらない身軽な動きだった。

「敵の数は？」

　第一大隊長クルトは走りながら通信魔術具を使い、警備隊と連絡を取っている。

「ガーゴイルが千五百、トロールが五千、インプが七千！」

　悲鳴のような報告を聞き、彼は顔をしかめた。

「まずいな。我々だけでは防ぎ切れない」

「それぞれ単体だけならともかく、三種類同時となると厳しいな」

　彼の隣を走る第二大隊長がつぶやく。

「よし、八神輝《レーヴァテイン》の出撃を要請する。待機所にいる伝令を皇宮に走らせろ」

　クルトがそう決断を下すと、近くにいた一人の騎士が通信魔術具を取り出して、待機所に指示を出す。

　門にたどり着いたところで、警備隊の指揮権もクルトに移る。

「出動ありがとうございます！」

　出迎えた警備隊に、クルトはうなずく。

「貴殿らこそ迅速な連絡を感謝する。おかげで我らがたどり着けた」

「大隊二つだけですか？」

警備隊長が不安そうに彼に尋ねた。

「他の方角からも敵が攻めてくるかもしれないからな。騎士団丸ごと駆けつけるわけにはいかなかったのだ。すまない」

クルトが詫《わ》びると、彼は大いに慌てる。

「とんでもございません！　心強いかぎりです！」

警備隊長はそう言ったが、クルトは信じなかった。

大隊二つだけでは二千人もいない。

押し寄せてくる魔物の合計が一万三千を超えるのだから、不安になるのは当然だ。

しかし、クルトは立場上警備隊たちを安心させてやらなければならない。

「安心しろ。八神輝《レーヴァテイン》の出撃を要請した。我々は八神輝《レーヴァテイン》の方々が敵を殲滅《せんめつ》するまでの間を、持ちこたえればよいのだ」

「おお！　八神輝《レーヴァテイン》が！」

単純なもので不安そうだった警備隊員たちの顔が一斉に希望で輝く。

彼らにとっても八神輝《レーヴァテイン》は希望の象徴だ。

彼らさえ来れば勝てると本気で信じることができる。

東の方からやってくる魔物の大軍の進むスピードはゆっくりだった。

「速く移動はできないのでしょうか、それとも何か目的があるのでしょうか？」

「両方かもしれないな」

クルトはそう推測を口にする。

「ゆっくりと移動することによって、じわじわと我々にプレッシャーをかけることができるのは確かだ。そしてあの大軍となると、統率するのは大変だろう」

「なるほど。嫌な狙いですが、こちらにとってはありがたいですね」

警備隊長の言葉に彼はうなずいた。

「そうだな。八神輝《レーヴァティン》の方が駆けつけるまでの時間を、奴らが勝手にかけてくれるのだ」

彼はいざとなれば命惜しみせず働くつもりでいるが、戦わないでもよいならばその方がよいと思う。

手柄を立てる機会が減るのは武人としていささか残念だが、大隊長たる彼が最も優先するのは帝都の住民の安全だ。

そしてその次が部下たちの命である。

敵が接近してきたのを見計らい、クルトが号令を出す。

「今だ！　魔術を放て！」

「【ファイアボール】」

まず三百人が一斉に火の魔術を撃ち、入れ替わる。

「【サンダーアロー】」

そしてまた入れ替わった。

「【アイスショット】」

いずれも低級の魔術だが、数百人が同時に撃てばそれなりの効果になる。

現にインプたちの数が七百ほど減っていた。

「す、すげえ、これが騎士団」

警備兵の一人が感嘆の声を漏らす。

騎士団は魔術を使える者だけで構成されたえりすぐりの精鋭だ。

さすがに使える魔術はバラバラのため、同系統の魔術が得意な者同士に分けて今のような戦い方で効率を上げている。

交代で魔術を撃つため、敵にすれば常に魔術の脅威にさらされる。

難点はと言うと、今回のように数に差がある場合は敵戦力を削るのにどうしても時間がかかってしまうことだろうか。

「インプは大したことないが、トロールとガーゴイルは少し厄介だ」

クルトが忌々《いまいま》しそうに言う。

それでも彼らの表情には希望があふれている。

彼らだけで敵を撃退する必要はなく、八神輝《レーヴァテイン》到着まで粘ればいいのだ。

その時突然、強烈な光の柱が迸ってガーゴイルの大群と、インプの一部を飲み込む。

「な、何だ？」

驚く警備隊とは裏腹に、騎士たちは目を輝かせる。

「おお、今のはまさか」

彼らの声と同時に空から一つの影が城壁に降り立つ。

「すまん、遅くなった」

村を救う為に出撃したバルトロメウスが戻ってきたのだ。

「おおお！　バルトロメウス様！」

「バルトロメウス様だ！」

「これで勝ったな！」

騎士たちは歓喜を爆発させる。

何度も魔術を放ってようやく数百の敵を倒せた騎士団と、一瞬でガーゴイル千以上を葬り去ったバルトロメウス。

力の差は警備隊のメンバーにも明らかだった。

「敵はあそこか」

バルは彼らの反応をよそに魔物の残りを見据《みす》える。

「はい。トロールが約五千、インプが約六千ほどです」

「……様子見かもしれないな」

彼の言葉にクルトは同意する。

「御意。帝都を攻め落とすつもりであれば、もっと迅速に攻めて来たでしょう。こちらにプレッシャーをかけて揺さぶるつもりか、それともこちらの出方をうかがっているのではないかと愚考いたします」

「なるほどな」

クルトの意見にバルはそう応え、問いを放つ。

「他の方角はどうか？」

「物見《ものみ》を放っているはずですが、敵発見の報告はございません」

「本気でこの帝都を攻めるつもりなら、四方から寄せて来そうなものだな」

バルはつぶやく。

これに意見を求めたつもりはない。

「敵は私が引き受けよう。お前たちは周囲を警戒しておけ」

「はっ」

クルトは「敬礼」をもって応えた。

ゆっくりと右手をかざすと技名をつぶやいた。

「【マグナ・ルミネセンス】」

彼の手のひらから大量の光線が撃ち出される。

トロールの上半身を蒸発させ、次に下半身を灰に変えてしまう。

インプたちは全身を飲み込まれかき消される。

「す、すごい」

警備隊長はあまりにも圧倒的な光景に声を震わせた。

「光の速さであるが故《ゆえ》に、魔物どもは反応すらできない。そしてトロールを一瞬で消滅させてしまうほどの火力を備えた攻撃が一万発以上」

クルトは畏怖《いふ》がこもった声を出す。

彼は声に出すことで冷静さを保とうとしているのだ。

「争いは同レベルでないと発生しないと言うが……バルトロメウス様の戦いを見ると、戦闘とは両者の実力差が小さい現象をさすのではないかと思えてくるな」

第二大隊長がクルトに話しかける。

「同感だな。バルトロメウス様がやっていらっしゃるのは戦闘ではなく殲滅《せんめつ》だ」

彼は大きくうなずいて賛同した。

「あれが《光の戦神》バルトロメウス様……」

警備隊たちは初めて見るバルトロメウスの力の一端に絶句している。

「お前たち」

振り返ったバルが彼らに声をかける。

「敵の新手が現れないか、警戒を続けろ」

「はっ、お疲れ様です、バルトロメウス様！」

全員が背筋を伸ばして彼に応えると、彼は姿を消した。

誰も彼が疲れていないだろうと思ったものの、帝国流のあいさつだからと言い聞かせる。

その後、物見を送った結果、敵影がどこにもないことを確認し、帝都内に連絡が入った。


「《光の戦神》バルトロメウス様が敵の大軍を一蹴した！　安心せよ！」

帝都内で騎士たちが大声で告げると、帝都が住民たちの歓喜の声であふれかえった。

その中にバルもこっそり混ざっている。

彼が近所の人と喜びを分かち合った後、『そよ風亭』へ向かっているとそこへ一人のエルフが姿を見せた。

「ミーナ。もう終わったのか？」

幻術を使っていることに気づいたため、小声で話しかける。

「はい。騎士団に何かあれば知らせるよう言いつけてあります。こちらに現れたのはオーガが五千、オークが三千でした。バル様はいかがでしたか？」

「こっちはトロールとインプとガーゴイルだった。……数はかぞえていないな」

しまったとバルは顔をしかめた。

「騎士団ならかぞえているでしょうから、お気になさらず」

ミーナは笑いをかみ殺しながら言う。

「敵の工作員らしき者は見つけたか？」

「いえ、見ていませんね。今回はこちらの戦力を誇示する目的だと思っていたので探さなかったのですが、まずかったでしょうか？」

彼の問いにミーナは不安そうになった。

「捜索と捕縛の命令は出ていなかったからいいんじゃないか？　今回で敵が諦《あきら》めなかったら、その時はまた対策を考えるだろう」

「かしこまりました」

バルの回答に彼女は安堵《あんど》し、首をかしげる。

「ところでどちらに向かっているのですか？」

「『そよ風亭』だよ。こういう時、顔を出さないと怪しまれるか、それとも心配されるかのどちらかだからだ」

二等エリアの住民たちに認知されている「さえないバル」の行動がそうなのだと説明する。

「なるほど。ではご一緒しましょう」

「うん？　まあ幻術を使っているからいいか」

幻術なしだと帰れと言うところだが、その点ミーナに抜かりはなかった。

『そよ風亭』に入ると、マヤが笑顔で出迎えてくれる。

「バルさん、いらっしゃい。……そちらの方は？」

彼女は笑顔を消して怪訝《けげん》そうに尋ねた。

バルが女性連れなのは珍しいからだろう。

「初めまして、ミナです」

ミーナはそう名乗る。

「どうも初めまして」

マヤはぺこりと頭を下げ、それから小声でバルに聞く。

「どういう人なの、この人？」

「どういうって……知り合いかな」

バルは困って何とかひねり出す。

本当のことは言えない以上、他に言いようがなかった。

帝国各地が戦勝に沸いている頃、全く正反対の感情を抱く者たちがいた。

『闇の手』のゼレリーとアリア、その部下たちである。

「失敗だとっ？　全てかっ？」

ゼレリーは目をむき、髪の毛をかきむしりながら絶叫した。

「は、はい。八か所で送った魔物合計は十万にも届くはずですが、全て返り討ちにされてしまいました」

「八神輝《レーヴァテイン》がまさかこれほどとは……」

「帝国対策を見直すしか……」

全員の顔色が悪い。

「与えられた力を使えば、帝国くらい楽勝だ」

と思っていたのだが、完全に砕かれてしまった。

「ゼレリー様、総裁に何と報告いたしましょうか？」

アリアがおそるおそる問いかけると、ゼレリーは血走った眼《まなこ》を彼女に向ける。

「ちょっと、そう、ちょっと手強《てごわ》いかもしれないと伝えろ」

「……本当のことを伝えて、戦力を回していただくのが無難かと愚考いたしますが」

彼女は嫌々ながら忠告した。

忠告や諫言《かんげん》を一つもしなかったとなると、彼女自身の責任も問われかねない。

「ふざけるな！」

彼女の予想どおり、ゼレリーは激昂《げきこう》した。

「戦力などいらん！　ちょっと予想より手強かっただけだ！　私が本気を出せば、帝国くらい何とでもできるわ！」

彼の言い分にアリアと工作員たちは不安そうな視線を交わしあう。

この男が自分たちのトップで大丈夫なのかと、共通認識が生まれた瞬間だった。

あとがき

初めましてでしょうか。

もしくはお久しぶりでしょうか、相野仁《あいのじん》です。

このたびは拙作を手に取って頂きましてありがとうございます。

拙作は「小説家になろう」にて連載していたものを大幅に加筆修正したものです。

たっぷり増量したので、小説家になろうでご覧頂いた方にも満足して頂ける内容になったのではないかと愚考いたします。

なっていればいいいな。

今回の作品は日常では平凡な暮らしを送っているが、実はすごい実力を持った人物を主人公にして物語を展開させようというコンセプトで書きました。

またいわゆる主人公最強モノですので、お好きな人には安心して頂ける内容だとちょっと自信に思っています。

作品のイメージとしては時代劇などが分かりやすいでしょうか。

家族の影響もあってか私は時代劇が好きで、子どもの頃はよく見ていた記憶があります。

最後には主人公が活躍して悪党は成敗されてめでたしめでたしというのは時代劇の定番

ですが、自分の作風に影響を及ぼしているのではないかと分析しております。

「好き」を形にするのは並大抵のことではないのだなと痛感しましたし、他の人ってすごいんだなとしみじみと思いました。

私の他の作品をご存じの方は「いつもの相野か」と思われるかもしれませんが、個人的には「主人公最強モノを読むなら、相野の作品はチェックしておくか」と思って下さる人がいつの日か現れたらいいな。

そんな大それた望みをひそかに抱いている所存です。

ただ、実際にそれを自分でやってみるといろいろと大変でした。

自分でやってみないと分からないことってあるのですよね。

スニーカー文庫の編集K様、ありがとうございます。

イラストレーターの桑島《くわしま》様、素敵な絵をありがとうございます。

営業の皆さま、書店の皆さまありがとうございます。

そしてこの本を手に取って下さった全ての皆さま、ありがとうございます。

続きが出せるかは神のみぞ知るところですが、これからも自分なりのペースで頑張っていこうと思います。

よろしくお願いいたします。

二〇一八年五月　相野仁

日常《にちじょう》ではさえないただのおっさん、本当《ほんとう》は地上最強《ちじょうさいきょう》の戦神《せんしん》

著　相野 仁《あいの じん》

角川スニーカー文庫　21020

2018年 8 月 1 日　初版発行
2018年10月20日　3 版発行

発行者　三坂泰二

発　行　株式会社KADOKAWA
〒102-8177 東京都千代田区富士見2-13-3
電話　0570-002-301（ナビダイヤル）

印刷所　旭印刷株式会社
製本所　株式会社ビルディング・ブックセンター

Printed in Japan　ISBN 978-4-04-107247-9　C0193

★ご意見、ご感想をお送りください★

〒102-8078 東京都千代田区富士見 1-8-19
株式会社KADOKAWA　角川スニーカー文庫編集部気付
「相野 仁」先生
「桑島黎音」先生

角川文庫発刊に際して

角川源義

第二次世界大戦の敗北は、軍事力の敗北であった以上に、私たちの若い文化力の敗退であった。私たちの文化が戦争に対して如何に無力であり、単なるあだ花に過ぎなかったかを、私たちは身を以て体験し痛感した。西洋近代文化の摂取にとって、明治以後八十年の歳月は決して短かすぎたとは言えない。にもかかわらず、近代文化の伝統を確立し、自由な批判と柔軟な良識に富む文化層として自らを形成することに私たちは失敗して来た。そしてこれは、各層への文化の普及滲透を任務とする出版人の責任でもあった。

一九四五年以来、私たちは再び振出しに戻り、第一歩から踏み出すことを余儀なくされた。これは大きな不幸ではあるが、反面、これまでの混沌・未熟・歪曲の中にあった我が国の文化に秩序と確たる基礎を齎らすためには絶好の機会でもある。角川書店は、このような祖国の文化的危機にあたり、微力をも顧みず再建の礎石たるべき抱負と決意とをもって出発したが、ここに創立以来の念願を果すべく角川文庫を発刊する。これまで刊行されたあらゆる全集叢書文庫類の長所と短所とを検討し、古今東西の不朽の典籍を、良心的編集のもとに、廉価に、そして書架にふさわしい美本として、多くのひとびとに提供しようとする。しかし私たちは徒らに百科全書的な知識のジレッタントを作ることを目的とせず、あくまで祖国の文化に秩序と再建への道を示し、この文庫を角川書店の栄ある事業として、今後永久に継続発展せしめ、学芸と教養との殿堂として大成せんことを期したい。多くの読書子の愛情ある忠言と支持とによって、この希望と抱負とを完遂せしめられんことを願う。

一九四九年五月三日

真の仲間じゃないと勇者のパーティーを追い出されたので、
辺境でスローライフすることにしました
Banished from the brave man's group, I decided to lead a slow life in the back country.
ざっぽん
illust.やすも
お姫様との幸せいっぱいな
辺境スローライフが開幕!!
WEB発超大型話題作、遂に文庫化!
コンテンツ
盛り沢山の
特設サイトは
コチラ!
シリーズ好評発売中!
スニーカー文庫

千剣《せんけん》の魔術師と呼ばれた剣士《けんし》
「最強の傭兵は禁忌の双子と過去を追う」
シリーズ好評発売中！
この剣士、無双――
TAKAMITSU AKIRA
高光晶
illust. Gilse
双子が禁忌とされる世界で、傭兵のアルディスは虐げられた双子の少女達に出逢う。彼は少女達を密かに養い始めるが、その噂は徐々に街を治める領軍の知るところとなってしまい……!?
『小説家になろう』
総合
ランキング
1位
※「小説家になろう」は
株式会社ヒナプロジェクトの登録商標です。
※ランキングは
集計期間：2016年12月18日～12月22日
スニーカー文庫

シリーズ好評発売中！
ワンワン物語
金持ちの犬にしてとは言ったが、フェンリルにしろとは言ってねえ！
急願叶って飼い犬になれたはずが、
転生したその体は——
フェンリル!?
犬魔人
イラスト こちも
過労死したロウタの願いは、もう働かなくていい金持ちの犬への転生。その願いは、慈悲深い女神によって叶えられる。優しい飼い主のお嬢様。美味しいご飯と昼寝し放題の毎日。しかし、ある日気づいてしまう。
「大きな体、鋭い牙、厳つい顔……これ犬じゃなくて狼だ !?」快適なペットライフを守るため、ロウタは全力で犬のフリをするが、女神の行きすぎたサービスはそれどころではなかった。狼は狼でも、伝説の魔狼王フェンリルに転生していたのだ！
「小説家になろう」
総合ランキング
(日間 週間 月間)
1位
※「小説家になろう」は株式会社ヒナプロジェクトの登録商標です。※ランキングは2017年5月時点のものです。
スニーカー文庫

スニーカー大賞
作品募集中!!!
イラスト/BUNBUN
募はWEB&カクヨムにて!
締切4月1日
大賞
200万円
優秀賞 50万円
特別賞 20万円
細はザ・スニWEBへ
https://sneakerbunko.jp/award/